어떤 길을 선택하든 정답일 거야

윤희철(희철리즘) 에세이

비교하는 마음을 멈추자,
찾게 된 행복의 기술

어떤 길을 선택하든 정답일 거야

윤희철(희철리즘) 에세이

비교하는 마음을 멈추자,
찾게 된 행복의 기술

어떤 길을 선택하든 정답일 거야

윤희철(희철리즘) 에세이

필름

차례

3장 우연히 마주한 문, 다시 시작되는 길

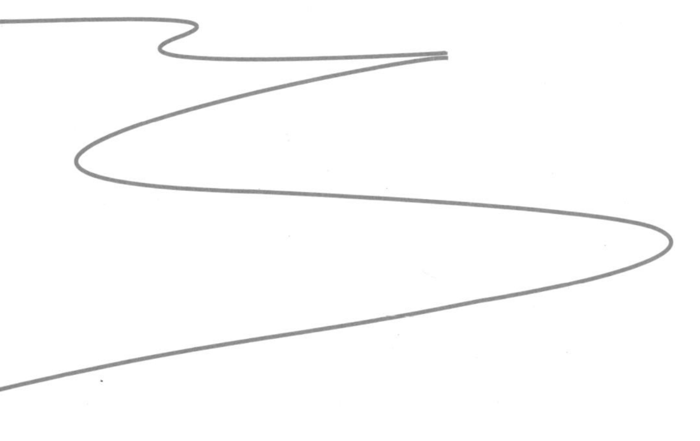

지금으로부터 19년 전, 남극 맥머도 기지
(McMurdo Station)의 생태계를 다룬 다큐멘터
리를 본 적이 있다. 그곳에는 조금 이상한 펭귄
이 한 마리 있었다. 다른 펭귄들이 먹이가 있는
바다를 향해 일제히 움직일 때, 그 펭귄은 홀로
산쪽으로 걸어가고 있었는데, 그 방향에는 아
무것도 없다. 먹이도, 번식지도, 돌아올 길도.

과학자들은 조용히 말한다. 저 펭귄은 다
시 무리로 돌아오지 못할 거라고. 여기에 사람
들은 각자의 해석을 덧붙였다. 짝을 잃고 삶의

이유를 잃어 스스로 죽음을 향해 가는 것이라고 말하는 이들이 있었고, 본능에서 벗어난 자유로운 이탈자라고 말하는 이들도 있었다. 그러나 무엇이 진실인지는 중요하지 않았다.

다큐멘터리는 끝까지 이유를 설명하지 않는다. 다만 아주 오랫동안 홀로 걸어가는 펭귄의 뒷모습만을 보여줄 뿐이다. 그리고 기억에 선명히 남아 있는 장면이 하나 있다. 다음 날이 되자 다른 펭귄들은 아무 일 없었다는 듯 다시 바다를 향해 걸어갔다는 사실이다.

누군가의 선택이 이해되지 않아도 세상은 늘 같은 방향으로 흐른다. 무리는 멈추지 않고, 이탈한 존재만이 조용히 시야에서 사라진다. 나는 가끔 인생의 몇몇 순간들이 그 펭귄을 닮았다고 느낀다. 왜 그 방향이어야 했는지 설명할 수 없었고, 누구를 설득할 말도 없었지만, 분명히 누군가는 남들과 다른 방향을 향해 걷고 있었다.

　과연 그들의 선택은 옳았을까, 틀렸을까. 그 누구도 답을 알 수 없다. 이 이야기는 무리에서 벗어난 이후에도 계속 걸어야 했던 사람과 시간에 대한 기록이다. 내가 잠시 멈춰 서 있는 동안에도 세상은 여전히 바다를 향해 흘러가고 있었다. 그리고 이제는 안다. 바다를 향해 가는 그 무리는 애초에 나와 아무 상관이 없었다는 것을.

　지금부터 시작할 이야기는 단순한 여행기가 아니다. 나만의 길을 걸으며 만난 사람들이 남겨준 새로운 시각, 운명 같은 전환, 작은 행복의 순간들, 그리고 스스로를 인정하게 된 시간들에 대한 기록이다.

　이 글은 나의 기록이기도 하지만, 동시에 당신이 자신의 삶을 다시 바라볼 수 있는 작은 실마리가 되기를 바라는 마음에서 시작되었다.

부디 홀로 걷는 길을 두려워하지 않기를, 그리고 당신만의 문을 발견하기를.

윤희철

1장
나를 가두는 무리에서 이탈하기

나도 나를 모른다

"윤희철, 500원 내놔. 뒤져서 나오면 100원 당 한 대씩 맞는다." 초등학교 6학년 때 매일같이 들던 일상이었다. 초등학교 2학년 2학기, 대구에서 분당으로 이사오기 전까지 나는 단 한 명의 친구만 있었고, 그 친구와 조용히 속닥속닥하며 반에서 있는지도 없는지도 모를 만큼 존재감이 없는 아이였다. 당시 은행을 다니시던 아버지께서 서울 강남으로 발령을 받으면서 태어나서 자랐던 대구를 떠나 분당으로 이사를 왔다. 부모님은 처음 맞이하는 수도권 생활에 기대감과 기쁨이 가득해 보였고, 그 모습에 누나와 나도 괜스레 좋은 일이 일어날 것 같은 설렘을 느꼈다.

하지만 기대가 무너지는 데에는 그리 오랜 시간이 걸리지 않았다. 같은 반 친구들이 어린 마음에 내 사투리를 가지고 놀리기 시작했고, 하기 싫었던 축구도 강제로 데리고 나가 골키퍼나 수비수를 시켰다. 지금 되돌아보면, 기분 나쁜 순간들이 문득문득 있었는데 화를 내야 하는 타이밍을 놓쳤던 게 아닌가 싶다. 화를 내면 더 나쁜 상황이 펼쳐질 것 같아 두렵기도 했다. 그러다 보니 매사 자신감도 없었다. 수업 중에 선생님이 질문을 할까 봐 긴장했고, 발표를 할 때도 아이들이 놀릴까 봐 고개를 제대로 못 들었다.

그렇게 나는 하찮은 사람이라고 단정 지으면서 3년을 보냈다. 6학년이 되자마자 집에 가며 내뱉은 말은 "여기가 바닥인 줄 알았는데 지하가 있었구나"였다. 당시 학교에 악명 높은 아이가 한 명 있었다. 본인의 말을 듣지 않거나 기분이 나쁘면 친구들을 마구 때려눕히는 소위 '학교 1짱'이었다. 이때까지 같은 반이 되지 않은 것이 운이 좋았던 건지, 하필 마지막 학년에 이 친구를 만난 게 운이 나쁜 건지 속으로 왕왕 울었다.

아니나 다를까, 괴롭힘이 시작됐다. 매일 400~500원을 빼앗겼다. 당시엔 분식집에서 컵에 담아 주는 떡볶이가 500원이었고, 서점 앞에 있는 게임기 한 판에 100원이었다. 매번 돈을 달라고 하면 돈을 줬고 그럭저럭 걱정과는 다르게 편안한 일상이 지속됐다. 6학년 1학기가 거의 끝나가는 어느 날도 있는 돈을 다 내놓으라는 협박이 이어졌다. 마침 서점 앞에 있는 '철권'이라는 오락을 하려고 아침에 엄마한테

500원을 받은 날이었다. 한 번도 그의 말을 거역한 적 없던 내가 처음으로 거짓말을 했다.

"나 오늘은 없어. 지각할까 봐 빨리 나오느라 돈을 못 받았어."

"뒤져서 나오면 100원에 한 대씩 맞는 거야."

두려웠지만 어차피 지금 고해성사를 해도 맞을 것 같았다.

"진짜야. 내가 언제 안 준 적 있었냐…."

한숨을 쉬면서 꺼지라며 내 뺨을 툭툭 치던 장면이 지금도 또렷이 기억난다. 그렇게 소중한 500원을 주머니에 고이 간직한 채 웃음을 머금고 곧장 서점으로 달려갔다. 신나게 게임을 하고 있는데, 누군가가 쪼그려 앉아서 게임을 하던 내 목을 아주 세게 짓밟았고 나는 그대로 고꾸라져 쓰러졌다. 그때 4년간 참아 왔던 울분이 터졌다. 한 번도 싸워보지 않았기에 그저 있는 힘껏 주먹을 꽉 쥐고 휘둘렀다. 운 좋게 턱에 정확하게 한 대가 들어갔고 나도 한 대를 맞았다. 서점 사장님이 싸움을 말리기 시작했다. 사장님은 우리 둘 사이를 떼어놓으면서 나에게 먼저 집으로 가라고 했다. 내가 보이지 않으면 그때 친구를 집에 보내겠다고 했다. 아직 멈추지 않은 분노에 씩씩거렸지만 집에 도착할 때쯤엔 내일에 대한 두려움이 밀려왔다.

잠도 제대로 못 자고 다음 날 등교를 했더니 놀라운 일이 벌어졌다. 난폭했던 친구가 나에게 손을 내밀고 잘해주기 시작한 것이다. "난 희철이 없으면 못 살아"라고 말할 만큼 위아래의 관계에서 동등한 친구가 되었다. 그때부터 나도 몰랐던 내 모습이 조금씩 드러나기 시작했다. 친구들은 내가 이야기하는 것을 재밌어했다. 그럴 때면 나도 덩달아 더 신나게 이야기를 주도하곤 했다. 어느 순간 '인싸'가 되어 있었고, 싸움 잘하는 친구들이 시켜서 억지로 했던 축구와 농구도 계속 하다 보니 학교에서 운동을 가장 잘하는 아이들 중에 한 명이 되어 있었다.

내가 그토록 싫어했던 모습은 사실은 내가 아니라, 누군가가 붙여놓은 이름이었다는 걸 열세 살의 나이에 깨달았다. 이를 꽉 물고 용기를 냈더니 세상이 달라지는 게 아니라 내가 나를 보는 방식이 달라졌다. 중학교에 올라가자 이미 나를 모르는 학생이 없었다. 중학교 2학년 때는 학년 대표가 되어 전교 부회장이 되었고, 전교 회장이었던 3학년 선배가 불미스러운 일로 그만두면서 잠시지만 전교 회장에 올라가기도 했다.

또래 친구들에게 무시당하고 맞고만 다녔던 내가 전교 회장과 동아리 부장을 거쳐, 지금은 전 세계를 다니면서 문화 콘텐츠를 만들고 있다. 이 모든 것의 시작은 단 한 번의 용기였다. 그때는 잘 몰랐지만 성인이 되어 한 철학자를 만나고 나서야 비로소 퍼즐이 맞춰지는 것 같았다. 로마의 노예 출신 철학자 에픽테토스는 이름 자체가 '소유물'이라는 뜻에서 알 수 있듯 태생적으로 누군가의 재산이었다. 인도의 불가촉천민처럼 가장 낮은 위치에 있었지만, 그는 자기 안의 가능성을 의심하지 않았다.

"자신이 무엇을 할 수 있는지 시험해보지 않았다면 아직 자기 자신을 모르는 것이다." 세상은 내가 통제할 수 있는 것과 통제할 수 없는 것으로 나뉜다. 타인의 말과 행동, 나의 출신과 환경 등은 통제할 수 없지만 내가 하는 생각과 판단, 태도, 그리고 선택은 온전히 내가 통제할 수 있다. 인생이라는 한 치 앞도 내다볼 수 없는 예측 불가능한 여정 속에서 우리는 매 순간 선택하고, 그 선택들이 모여 결국 운명이 된다. 내게 사투리와 낙인, 괴롭힘은 통제 불가였지만 그것을 '나'라고 받아들였고, 결국 나 스스로를 노예로 만들었다.

에픽테토스는 말한다. "사람을 괴롭히는 것은 사건이 아니라, 그 사건에 대한 판단이다." 한창 괴롭힘을 당했을 때, 나를 가장 힘들게 한 건 폭력 자체가 아니라 '나는 하찮은 인간이고 원래 이렇게 모자라다'라는 생각이었다. 떠오르는 생각을 다 믿는 순간, 지극히 연약한 존재가 되어 상처받으며 스스로를 지옥으로 내몬다. 어둠이 무서운 이유는 어둠에서 헤어나올 수 없다는 두려움에 있다. 아무리 칠흑 같은 어둠이라도 한 줄기 빛만 있다면 모든 어둠이 사라지듯, 우리의 마음속에 두려움이 아무리 크게 자리 잡아도 한 줄기 불빛을 찾아 밝힐 수 있다.

어쩌면 지금 이 순간에도 내가 어떤 사람인지 모를 수 있다. 하지만 분명한 것은, 우리가 스스로에게 붙인 이름보다 훨씬 더 단단하고, 훨씬 더 많은 가능성을 가진 존재라는 사실이다. 타인의 판단은 언제나 소란스럽지만 내가 무엇을 선택할지는 끝까지 나의 몫이다. 내가 원하는 것이 있다면 모든 판단들을 뒤로한 채 그저 앞으로 나아가면 된다. 그게 무엇이든 나아가야 할 이유는 이미 내 안에 있다.

지금 이 순간에도
내가 어떤 사람인지 모를 수 있다.
하지만 분명한 것은,
우리가 스스로에게 붙인 이름보다
훨씬 더 단단하고,
훨씬 더 많은 가능성을 가진
존재라는 사실이다.

나는 도덕적으로 우월해요

"희철이 형이 최종 선발됐대. 축하해, 형!"

2014년 겨울, 당시 긱 학교 동아리에서 한 명씩 선발해 해외봉사를 보내는 프로그램이 있었다. 나는 외국인들에게 한국어를 가르치는 동아리 '하람'에서 활동 중이었고, 공고가 뜨자마자 기쁜 마음으로 지원했다. 하지만 관례대로라면 동아리 대표가 뽑히는 게 자연스러운 흐름이었기에 마음 한 켠에서는 어느 정도는 포기하고 있었다.

그런데 뜻밖에도 내가 최종 선발자였다.

놀라서 대표에게 이유를 물었더니 조기 취업이 되어 입사 일정과 해외봉사가 겹친다는 것이었다. 그제야 실감이 났다. '내가 가려니까 이렇게 운이 따라주는구나.' 간절히 원했던 만큼 기쁘고 벅찼다. 우주든, 신이든, 절대자든 나를 캄보디아로 이끌어 준 모든 인연에게 감사하며 차분히 준비를 마쳤다. 오리엔테이션에서 만난 다른 학교 친구들도 모두 좋은 사람들이었고, 하루하루 떠날 날만 기다렸다.

하지만 캄보디아에 도착한 첫날, 나는 이전까지의 여행과는 전혀 다른 세상을 마주했다. 그동안 여행한 곳은 미국, 일본, 이탈리아, 프랑스, 영국, 네덜란드, 스위스가 전부였으니, 개발도상국의 시골 마을, 그중에서도 원조가 절실한 삶의 현장은 인터넷에서도 제대로 본 적 없던 풍경이었다. 중학생 또래의 아이들이 문 없는 야외 화장실에서 성별 구분 없이 용변을 보고 손으로 닦은 뒤, 고여 있는 더러운 물에 손을 씻고 나왔다. 초등학생 아이들의 치아는 대부분 썩어 반만 남아 있었고, 삶은 말 그대로 생존에 가까웠다.

멀리에서 '듣는 것'과 눈앞에서 '보는 것' 사이에는 단순한 거리 이상의 간극이 있었다. 너무 큰 충격에 정신이 멍해졌고, 26년 동안 평탄하게 살아온 나에게는 삶을 흔드는 첫 경험이었다. '디 내지 말자. 2주 동안 내가 할 수 있는 일에 최선을 다하자' 하고 굳게 다짐했다.

하지만 돌이켜보면, 그 다짐은 어느 순간 선을 넘어 있었다. 미대 학생들은 새로 짓고 있는 학교에 벽화를 그리고, 힘이 좋은 학생들은 벽돌과 자재를 나르며 공사에 참여했다. 교대 생들은 아이들과 놀며 위생 교육을 맡았다. 뜨거운 날씨 속에서도 모두가 각자의 위치에서 정말 열심히, 진심을 다했다. 문제는 저녁 식사

후 저녁이었다.

20대 초·중반의 열정과 호기심이 넘치는 사람들이 모였으니 술과 연애 이야기가 빠질 리 없었다. 웃고 떠들며 서로 친해지고, 관심 있는 이성에게 고백을 하기도 하고, 짧은 기간 동안 몇몇은 금세 커플이 되었다. 자연스러운 청춘의 장면들이었다. 하지만 당시의 나는 그 모든 게 옳지 않아 보였다.

'어떻게 이 아이들의 현실을 보고도 이렇게 웃고 떠들 수 있지? 제정신 맞나?' 그들이 도저히 이해되지 않았다. 결국 캄보디아에 도착한 지 사흘도 지나지 않아 모두와 거리를 두었다. 나는 '다른 사람들과 다르게 진심인 사람'이라고 믿었지만, 사실은 단단한 오만에 지나지 않았다. 그 뒤로 쉬는 시간에도 아이들하고만 시간을 보냈고, 주제넘게 조언을 쏟아냈다. "얘들아, 영어 공부 열심히 해야 해. 스무 살 되면 해외로 나가. 그럼 인생이 바뀔 수 있어.”

그곳에 있던 아이들 중 다수는 부모에게 버려지거나, 편부모 아래 혼자 남겨진 아이들이었다. 공립학교가 아닌 고아원 형태의 대안학교였기에, 내가 해주는 조언이 아이들을 위한 어떤 큰 도움이 되는 것이라고 착각했다. 하지만 그 말들은 아이들을 위한 조언이 아니라, 낯선 비극 앞에서 느낀 나 자신의 불안을 달래기 위한 말이었다는 것을 한참 뒤에야 깨달았다.

상처를 ‘해결해야 할 문제’로 규정해놓고, 그 위에 내가 아는 해답을 들이밀던, 철저히 나 중심의 위로였다는 것을 말이다. 가장 큰 후회는 내가 고고한 척하며 도덕적 우월감 속에 빠져 있었다는 사실이다. 함께 간 40여 명의 학생들은 누구보다 열심히, 누구보다 진심으로 아이들을 걱정했다. 각자에게 허락된 시간 안에서 할 수 있는 모든 것을 다했다. 그럼에도 그들의 단면만 보고 나만 진심이라고 생각했다. ‘도덕적 우월감’은 사전에서 이렇게 설명된다. “타인의 행동을 도덕적 기준으로 평가하고, 자신이 옳고 타인은 틀렸다고 확신하는 상태.” 그 속에는 언제나 ‘비교’와 ‘우위’가 숨어 있다.

나 역시 정확히 그랬다. 봉사 후에 웃을 수도 있고, 무거움과 가벼움이 공존할 수도 있다. 그 선택은 선악의 높낮이로 나뉠 필요가 없다는 것을 그때의 나는 몰랐다. 도덕적 확신이 타인을 향하는 순간 관계를 파괴한다는 사실을. 내가 옳다고 믿는 것을 지키기 위해 타인을 미워하면 결국 나 자신의 에너지와 가능성을 잃게 된다는 사실을.

그 후에도 비슷한 생각을 다시 하게 된 사건이 있다. 2005년 인도 서벵골(West Bengal) 주 정부가 인력거 퇴출 계획을 발표하자 많은 인력거꾼들이 집단 시위를 벌였다. 국제 인권단체들은 "인력거 노동은 비인간적"이라고 규탄했다. 하지만 2022년 말 콜카타에서 인력거를 타고 인력거꾼과 나눈 대화는 그 담론과 전혀 다른 결을 가지고 있었다. 그는 이렇게 말했다. "저는 이 일이 좋아요. 계속 하고 싶어요."

2005년에도 대부분의 인력거꾼들이 퇴출에 반대했었다. 그렇다면 규제는 과연 누구를 위힌 것이었을까? 흥미롭세노 인력거는 1860년대 일본에서 시작된 발명품이었고, 대도시로 이주한 일본 농민들이 먼저 인력거꾼이 되어 아시아로 퍼져나갔다. 그리고 2026년인 지금도 도쿄 아사쿠사에서는 건장한 남성뿐 아니라 여성들도 관광 인력거를 모는 모습이 자연스럽다.

그런데 왜 인권단체들은 일본의 인력거는 문제 삼지 않으면서, 직업 선택지가 훨씬 좁은 인도에서는 '비인간적 노동'이라 규정했을까? 그들의 논리는 이렇다. 일본 인력거는 '자발성'이고 인도 인력거는 '강요'라는 것이다. 일본 인력거는 '전통'이고 인도 인력거는 '후진성'이다. 하지만 스리랑카, 파키스탄, 방글라데시, 인도에서 직접 인력거꾼들과 대화를 나눠본 사람으로서 나는 쉽게 동의할 수 없었다.

그들에게 인력거는 강요된 노동이 아니라 현실적 조건에서 선택 가능한 '최선의 생계 수단'이었다. 존엄의 기준 역시 누가 정하느냐에 따라 달라진다. 부유한 나라의 불편한 노동은 '전통'으로, 가난한 나라의 불가피한 노동은 '비인간성'으로 규정되는 순간, 도덕과 인권의 기준이 얼마나 문화적으로 선택되는지 깨닫게 된다.

문제는 인력거가 아니다. 우리가 어떤 삶을 '존엄'이라 부르기로 선택했는가이다. 물론 인권단체들의 선한 의도는 이해한다. 하지만 그들의 논의 과정에서 '당사자의 목소리'는 충분히 반영되었을까? 그 질문은 여전히 남아 있다. 도덕은 늘 보편을 말하지만, 막상 적용될 때는 언제나 선택적으로 작동한다.

우리가 옳다고 믿는 기준은 타인의 삶 위에 놓이기 때문에, 그 기준은 반드시 당사자의 경험을 충분히 듣고 난 뒤에야 이야기할 수 있다. 선의와 확신이 상한 낮에, 타인의 삶을 충분히 알려고 하지 않을 때 그 결과는 인력거 금지가 그랬던 것처럼 누군가의 생계를 파국으로 몰아갈 만큼 커질 수 있다. 그래서 이제는 누군가의 선택을 비난하기 전에 스스로에게 "나는 그 선택으로 하루라도 살아본 적이 있는가?"라고 묻는다. 도덕은 방향일 수는 있어도, 타인의 삶을 대신 결정할 자격은 아니다.

어떤 선택도
정답이 될 수 있도록

한 해의 마지막 날, 12월 31일 밤은 내가 유일하게 교회에 가는 날이다. 새해를 알리는 종소리를 듣고, 사람들 사이에 서서 찬송을 부르며 조용히 눈을 감는다. 매번 하는 기도가 있다.

"어떤 결과를 맞이하더라도 그것이 내가 선택한 길임을 잊지 않게 해주세요."

인생은 내 생각보다 계획대로 되지 않는다. 분명 잘될 거라 믿었던 일은 어그러지고, 망

했다고 생각한 일은 몇 년 뒤 돌아보면 전혀 다른 의미가 된다. 그래서 나는 결과보다 선택의 이유를 붙들고 싶었다. 결과는 내가 통제할 수 없지만 선택은 내 것이기를 바라기 때문이다. 대학교 4학년이 되던 해였다. '희철리즘' 채널이 빠르게 성장하고 있었다. 외국인을 인터뷰하는 영상이 평균 조회수 100만을 넘겼고, 기업에서 광고 문의가 쏟아졌다.

그때, 대한민국 3대 신문사 중 한 곳에서 미팅 요청이 왔다. 지면으로 보는 신문의 시대가 끝나고 뉴스를 영상으로 보는 '뉴미디어' 시대를 맞아, 팀을 새로 꾸리는데 합류하지 않겠냐는 제안이었다. 순간 숨이 멎는 줄 알았다. 우리 집 식탁 위에 놓여 있던 그 신문, 부모님이 매일 아침 펼쳐보던 그 신문사에서 졸업도 하지 않은 나에게 스카우트를 하다니. 친구들은 토익 점수에 울고 웃고 있었고, 대기업 인적성

시험을 준비하며 밤을 새고 있었다.

나는 그 모든 과정을 건너뛸 수 있는 안전한 다리를 건너기 직전이었다. 부모님은 말은 아끼셨지만 표정까지 숨기지는 못하셨다. 친구분들 자녀가 대기업에 취업했다는 소식이 부러우셨던 모양이다. 부모님의 "잘됐다"라는 한 마디에 더 흔들렸던 것 같다. 일주일을 고민했다. 안정은 달콤했지만 도전은 불확실했다. 어릴 적부터 경제적으로 힘들었던 탓에 취업은 하지 않겠다고 다짐했었다. 그런데 막상 기회가 오니 '이 정도면 괜찮지 않나?' 하는 생각이 들었다.

직장에서 나보다 뛰어난 사람들 밑에서 배우는 것도 나쁘지 않을 것 같았지만, 가족, 친구들과 일주일 동안 고심한 끝에 결국 거절의 의사를 밝혔다. 그 순간, 무섭기도 했지만 이상하게도 속이 시원했다. 내가 고른 길이라는 감각이 있었기 때문이다. 그 선택은 곧 다른 선택으로 이어졌다. 영어 인터뷰 콘텐츠를 진행하며, 원어민과 한국 사람들을 연계하여 스터디 그룹을 매칭해주던 영어 교육 사업을 정리하고 해외 의류 수출 사업을 시작했다. 기회비용이 너무 커 보였기 때문에 더 미친 듯이 일했다. 하루도 쉬지 않고 일하면서 열심히 하면 분명 잘될 것이라고 믿었다.

10개월 뒤, 결과는 폐업이었다. 이전 사업을 하며 모았던 1억 원이 금세 사라졌다. 그 돈은 내게 단순한 숫자가 아니었다. 내 자존심이었고, 내가 증명하고 싶었던 무엇이었다. 밤마다 잠을 설쳤다. "왜 아무도 말리지 않았지?" "부모님은 나를 왜 그냥 두셨을까." "친구들은 왜 가만히 있었을까." 하지만 속으로는 알고 있었다. 아무리 뜯어말렸어도 결국 내가 하고 싶은 일을 했을 거라는 사실을. 내가 아닌 누군

가를 원망하고 싶었다. 그래야 마음이 편해지
니까.

하지만 결과에 상관없이 내가 직접 내린
결정이었다. 나름의 이유가 있었고 그 이유를
믿고 시작했다는 사실을 인정하는 데 시간이
조금 걸렸다. 그렇게 모든 것을 인정하는 순간
이상하게도 숨이 덜 막혔다. 실패는 여전히 실
패였지만 내 인생에서 없애야 할 흉터는 아니
었다. 그저 내가 지나온 과정이었다.

우리는 늘 선택한다. 안정을 택하면 자유
를 포기한다. 도전을 택하면 안정을 포기한다.
사랑을 택하면 혼자의 시간을 줄이고, 혼자를
택하면 누군가의 온기를 놓친다. 선택에는 언
제나 기회비용이 따른다.

문제는 선택이 틀린 것처럼 보일 때다. 실
패했다고 느끼는 순간, 우리는 과거의 나를 미
워하거나 세상을 탓한다. 하지만 선택을 부정

하고 나면 다음 선택을 할 힘을 잃는다. 반대로, 그 선택이 내 것이었다고 인정하는 순간 실패는 '끝'이 아니라 '방향 수정'이 된다. 돌이켜보면, 만약 의류 사업이 잘됐다면 나는 지금과 전혀 다른 사람이 되어 있었을 것이다. 신문사에 취업했다면 안정적인 월급을 받으며 또 다른 고민을 하고 있었을 것이다.

인생은 차곡차곡 쌓여서 완성된다. 당시에는 고통스러워도 경험으로 남으니 결국 안 좋은 게 없다. 과거의 나는 현재와 미래를 위한 준비이므로, 좋은 방향으로 흘러간다고 믿는다면 정말 그렇게 된다. 나에게 닥치는 외부의 모든 일은 예측할 수 없다. 아무리 촘촘하게 계획해도 인생은 내 마음처럼 되지 않는다. 피하고 싶어도 그럴 수 없는 것이 인생이라면, 일단 해보자는 도전 정신이 필요하다.

유일한 후회는 해보지 않은 것에서 비롯된

다. 보통 냉소주의는 실망에서 기인할 때가 많다. 자신의 기대만큼 인생이 값지지 않다고 느껴질 때 씁쓸함은 냉소로 바뀌게 마련이다. 마치 실패에 대한 두려움과 유사하다. 하지만 인생의 모든 순간에 좌절할 필요는 없다. 누구에게나 '다음 기회'는 온다. 반드시. 고통과 불안 뒤에 어마어마한 선물이 있다는 걸 알고 나면 견디는 힘이 생긴다.

누구에게나 위기가 필요하다. 우리는 실패와 위기를 통해 자신이 중요한 존재라고 믿게 되고, 모든 것이 그저 순간에 불과하다는 사실을 믿게 되고, 자신이 하찮은 존재에서 벗어나 더 나은 존재가 될 수 있다고 믿게 된다. 무엇보다 우리는 위기를 통해 깨닫게 된다. 싫든 좋든 우리는 누구나 나쁜 늑대의 그림자 아래에 있음을, 어디에나 도사리고 있는 위험 아래에 있음을, 우리 스스로가 자신에게 행하는 위험 아래에 있음을 깨닫게 된다.

하지만 분명한 건, 지금처럼 70여 개국을 오가며 좋은 사람들을 만나고 글을 쓰는 나는 없었을 것이다. 그래서 그때의 실패가 고맙다. 옛 전쟁 기록에 이런 이야기가 있다. 한 장수가 강을 건넌 뒤 배를 불태워버렸다. 돌아갈 길을 스스로 끊은 것이다. 병사들은 두려웠지만 선택은 분명해졌다. 앞으로 나아가거나, 거기서 죽거나. 배를 태운다는 건 무모해지겠다는 뜻이 아니다. 그 선택을 내 것으로 인정하겠다는 뜻이다. 돌아갈 길을 찾는 대신 걸어갈 길을 바라보겠다는 태도다. 나는 여전히 틀리고, 후회하지만 매년 마지막 날 같은 기도를 한다.

"어떤 결과를 맞이하더라도 그것이 내가 선택한 길임을 잊지 않게 해주세요."

돌아갈 배는 불태워도 앞으로 나아갈 길은 언제든 남아 있으니까.

선택을 부정하고 나면
다음 선택을 할 힘을 잃는다.
반대로, 그 선택이 내 것이었다고
인정하는 순간 실패는
'끝'이 아니라
'방향 수정'이 된다.

MBTI가 어떻게 되세요?

처음 보는 사람들과의 식사 자리나 지인 들과의 모임, 소개팅 등에서 이김없이 MBTI 를 묻는 질문이 나온다. 이름보다 네 글자를 먼 저 묻는 시대다. MBTI 열풍이 시작된 것은 2020년쯤이었을 것이다. 꽤 오랜 시간이 흘렀 는데도 여전히 사람들은 서로를 알아가기 위한 오프너로 그 질문을 꺼낸다. 반골 기질이 있는 나는 MBTI를 묻는 질문을 들을 때마다 늘 어 색하고 불편했다. "내가 나를 아는데, 왜 정형화 된 유형에 나를 끼워 맞춰야 하지?"

MBTI에 진심인 사람과 연애를 하기 전까지 검사를 애써 피했다. 사람들은 내가 ENTP 같다고도 했고, 어떤 날은 ESFJ 같다고도 했다. 그럴 때마다 나는 고개를 갸웃했다. 상황에 따라 매번 달라졌기 때문이다. 해외를 자주 나가서 콘텐츠를 만드는 직업의 특성상, 한국은 나에게 쉼의 장소다. 한국에 오면 나의 동선은 단조롭고 조용하다. 대부분의 시간을 집과 헬스장, 카페를 오가며 일을 하고 책을 읽고 생각하며 보낸다.

방글라데시, 인도, 네팔 같은 개발도상국에 가면 평소보다 말을 더 아낀다. 혹여나 오해가 되지 않을까, 문화적 맥락을 잘못 짚지는 않을까 조심한다. 그곳에서는 조금 더 내성적인 사람이 된다. 하지만 미국에 가면 또 달라진다. 자신을 드러내는 미국 문화 속에서 나는 잘하는 것과 좋아하는 것을 더 분명히 말한다. 낯선 사람과도 쉽게 웃고, 별것 아닌 이야기로 수다를 떤다.

한국에서도 누구와 있느냐에 따라 달라진다. 어떤 친구와 있을 때는 유쾌해지고, 어떤 사람 앞에서는 진지해진다. 각각의 분위기에 따라 사람은 다른 분위기를 내게 되니까. 유대 전승에는 이런 이야기가 있다. 사람은 두 개의 주머니를 가지고 다녀야 한다. 한쪽에는 '나는 세상을 위해 창조되었다'라는 종이를, 다른 한쪽에는 '나는 티끌과 재에 불과하다'라는 종이를 넣어두라고 한다. 상황에 따라 다른 쪽을 꺼내기 위해서다. 마치 사람은 하나의 얼굴로 고정된 존재가 아니라는 뜻 같아서 이 이야기를 좋아한다.

해외에서 촬영하고 편집해 영상을 올릴 때면 나는 유튜버 '희철리즘'이고, 한국관광대학교 강의실에서 대학생들에게 '콘텐츠 아이디어 기획'이라는 수업을 할 때 나는 특임 교수다. 역할은 각자 다르지만, 그때그때 필요한 책임을 맡을 뿐이다. '고정된 나'라는 건 없다. 명칭은 그저 역할에 따른 명사일 뿐이다. 내가 어떤 사람인지는 수많은 상황에 따라 달라질 수밖에 없다. 그 말은 동시에 나를 정의할 권리는 결국 나에게 있다는 뜻이기도 하다. 나는 어떤 나를 선택하며 살아갈 것인가. 많은 사람들이 과거의 실패와 상처로 자신을 규정한다. 돈 많은 부모를 만나지 못해서, 환경이 나를 이렇게 만들어서, 운이 따르지 않아서.

나는 타인의 규정에서 벗어나고 싶었다. 그런데 어느 순간, 나를 돌아보니 또 다른 규정에 갇혀 있었다. MBTI가 타인이 나를 규정하는 것이라면, 피해의식은 과거가 나를 규정하는 일이었다. 대학 입시를 준비하던 시절, 주변의 부유한 친구들이 입시 기간에 받던 50만 원짜리 컨설팅을 나는 받지 못했다. 집에 말도 꺼내지 못하고 혼자 인터넷에서 검색해 가, 나, 다 군을 채워 원서를 냈다. 안타깝게도 가고 싶었던 학교에 떨어졌고, 하향 지원한 대학교에 합격했다.

'우리 집이 조금만 더 여유로웠다면 분명 더 좋은 학교에 갔을 텐데.' 속상하기도 했지만 환경 탓을 하고 나니 묘하게 마음이 편해졌다. 내 잘못이 아니라고 믿을 수 있었으니까. 대학교 1학년 때 낙제를 받았을 때도 기회를 잃은 사람처럼 굴었다. 연애가 끝났을 때도 상대의 태도와 타이밍을 탓했다. 그렇게 하면 내가 달라질 필요가 없었다. 나는 일종의 피해자였으니까. 하지만 시간이 흐르면서 알게 되었다. 모든 탓을 외부로 돌리는 것은 나를 보호해주는 게 아니라 그저 멈춰 세워둘 뿐이었다.

여행 유튜브를 시작하고 몇 달간 한창 잘

되다가 조회수가 떨어지자 알고리즘을 탓했다. 온라인 콘텐츠의 특성상 시청자의 니즈와 트렌드는 변하고 있었는데 나만 변하지 않았다. 조회수가 떨어지는 이유를 알고 있었지만, 오랜 시간이 걸리고 시행착오를 거쳐야 하는 지난한 과정이기에 외면했던 것이다. 그렇게 계속해서 피하다 보니 조회수는 점점 더 줄어갔다.

그제야 모든 이유는 나에게 있다는 사실을 받아들이는 순간부터 성장이 시작된다는 사실을 깨달았다. 모든 문제가 내 안에 있다고 인지한 이후로 나에게 과분할 정도의 좋은 사람들을 만나 인간적으로 성숙해질 수 있는 시간을 가졌다. 조회수가 나오지 않을 때도 문제의 원인을 내게서 찾거나 그 원인이 구체적으로 무엇인지 알려고 했기 때문에 지금까지 10년째 유튜브 채널을 안정적으로 운영할 수 있었다.

고정된 실체가 없다는 건 두려운 일이 아

니다. 오히려 가능성이다. 나는 앞으로도 여전히 흔들릴 테지만 그때마다 어떤 나를 선택할지는 내가 정하겠다. 고대 그리스 신화에 '테세우스의 배'라는 이야기가 있다. 배의 나무 판자를 하나씩 교체하다 보면 결국 모든 부품이 새것이 된다. 과연 그 배는 여전히 같은 배일까? 사람들은 여전히 그것을 같은 이름으로 불렀다. 끊임없이 새롭게 바뀜에도 불구하고 우리는 왜 같은 존재라고 믿는가? 변하는 건 부품이고, 변하지 않는 건 방향이다. 배를 구성하는 부품이 하나씩 바뀌는 동안 바다는 한 번도 멈춘 적이 없었다.

실패했다고 생각하지만 사실은 교체 중일 뿐이다. 낡은 생각이 떨어져 나가고, 낡은 자존심이 떨어져 나가고, 낡은 관계가 떨어져 나갈 뿐, 어쩌면 우리 역시 테세우스의 배일지 모른다. 우리는 계속 바뀌지만, 항해의 방향만은 스스로 정할 수 있다. 내가 가장 좋아하는 순간 중 하나는 하루를 무사히 보내고 침대에 누워 프로야구 팀 경기의 하이라이트를 볼 때다. 결과를 먼저 알고 본다. 이미 이긴 경기라는 걸 안다. 0:7로 지고 있던 장면도, 선수가 실수를 하는 순간도 마음이 편하다. 어차피 결국 이길 걸 알기 때문이다.

나는 내 인생의 결말도 이미 정해져 있다고 믿는다. 비록 해결해야 할 문제들이 닥치고, 끊임없이 고난이 나를 흔들더라도 1년 뒤에 이 장면을 하이라이트처럼 돌아보며 웃고 있을 것이라고. 오늘도 나는 내가 선택한 방향으로 조금씩 나아간다. 이미 결과를 아는 사람처럼, 차분하게.

고정된 실체가 없다는 건
두려운 일이 아니다.
오히려 가능성이다.
나는 앞으로도 여전히
흔들릴 테지만 그때마다
어떤 나를 선택할지는
내가 정하겠다.

또 한 번의 도약

첫 여행지는 베트남이었다. 한국과 가깝고 물가도 비교적 저렴해 부담이 적은 데다가, 무엇보다 베트남은 사업 실패 이후 다시 시작해도 괜찮을 것 같은 나라처럼 느껴졌다. 지금도 베트남은 내게 고마운 나라로 남아 있다. 세계를 여행하는 유튜버로서 기반을 마련할 수 있게 해주었기 때문이다. 베트남에서 찍은 영상 가운데 특히 큰 반응을 얻은 것은 유명 브랜드 제품을 카피해 파는 것으로 유명한 호찌민의 벤탄 시장에서 상인들과 흥정하는 장면이었다.

말 한마디, 표정 하나, 계산기 두드리는 소리까지 모두가 콘텐츠가 되었다.

물건을 팔려는 자와 사려는 자 사이의 치열한 협상 끝에 웃음으로 마무리되는 장면은 많은 사람들에게 현실적인 여행으로 다가간 듯했다. 그중에서도 '미녀 상인'이라고 불리는 사장님과 나눈 짧은 에피소드는 소위 말해 조회수가 '터졌다'. 해당 영상에 댓글이 폭발했고, 어쩌면 이 길이 틀리시 않았을지도 모른다는 생각이 들었다.

그 이후로도 베트남을 여러 차례 다시 찾았다. 미녀 상인을 다시 찾아가 이야기를 나누기도 하고, 해외여행을 한 번도 해본 적이 없다는 그녀의 말에 한국으로 초대하여 대접하기도 했다. 보여주기 식의 이벤트가 아니라, 진심으로 감사를 전하고 싶어서였다. 그 과정을 영상으로 담았고, 다행히 구독자들의 반응도 좋았다. 오랜 시간이 지난 지금도 유튜브 댓글을 보면 미녀 상인을 응원하는 글이 많다. 그녀에게 다시 한번 감사의 인사를 전한다.

베트남으로 향하는 여행의 목적은 같았지만, 숙소는 매번 달라졌다. 처음 베트남에 도착했을 때는 1박에 6,500원 남짓한 20인실 도미토리에 묵었다. 낯선 이들의 숨소리와 뒤척임 속에서 잠을 설쳤고, 새벽마다 카메라를 챙겨 조용히 방을 나섰다. 다음번에는 2만 2천 원짜리 작은 모텔에 묵었고, 그다음에는 3만 원짜리 숙소로, 또 다음에는 10만 원이 훌쩍 넘는 호텔에 머물기도 했다. 숙소의 등급이 올라갈수록 편안함은 커졌지만, 그보다 더 크게 다가온 것은 영상과 함께한 시간의 흐름이었다.

같은 나라, 같은 도시, 같은 시장, 비슷한 거리였지만 내가 서 있는 위치는 조금씩 달라지고 있었다. 물론 금전적인 상황이 나아졌다고 해서 그것이 곧 성장의 증거라고 말할 수는 없다. 하지만 여행이자 일이었던 이 여정에서 '돈을 벌 수 있느냐'는 생존의 문제였고, 동시에 내가 선택한 길이 현실에서도 작동하고 있는지를 보여주는 지표이기도 했다.

380만 원을 들고 떠난 여행에서 첫 달의 수익은 37만 원이었다. 숫자를 확인하는 순간, 심장이 철렁 내려앉았다. 처음부터 큰 성공을 기내한 것은 아니었지만, 이 속도라면 여행을 지속할 수 없겠다는 불안이 밀려왔다. 그럼에도 불구하고 나는 당장 포기하지 않기로 했다. 적어도 내가 재미있다고 느끼는 일이라면, 보는 사람들도 언젠가는 그 재미를 알아줄 거라 믿고 싶었다.

두 번째 달이 되자 상황은 급변했다. 수익이 480만 원으로 뛰어올랐고, 영상의 조회수는 50만, 100만을 넘기기 시작했다. 그 무렵만 해도 세계여행은 주로 여행 작가나 사진가의 영역으로 여겨졌고, 여행 유튜버라는 개념은 지금처럼 보편적이지 않았다. 참고할 만한 레퍼런스도, 정답을 알려주는 사람도 없었다. 그래서 더 불안했지만, 동시에 짜릿했다. 아무도 가지 않은 길을 더듬어 가는 감각은 생각보다 중독성이 있었다.

다음 달이 되어도 수익이 급격히 떨어지지 않고 유지되는 것을 확인하면서, 나는 조심스럽게 확신했다. 이 일을 계속해도 괜찮겠구나. 적어도 당분간은 이 방식으로 살아볼 수 있겠구나. 영상이 알려지면서 뜻밖의 연락들도 오기 시작했다. 어린 시절 이후로 연락이 끊겼던 지인들, 학창 시절 스쳐 지나갔던 사람들이 메시지를 보내왔다. 특별한 꿈도 없이, 좋아하는 일이 무엇인지도 모른 채 하루하루를 버텨내고 있었는데 내 영상을 보며 희망과 위로를 얻었다는 이야기였다. 그 말들은 생각보다 깊이 마음에 남았다.

주변의 긍정적인 피드백 덕분에 내 안에도 여유가 생겼다. 그것은 단순한 금전적 여유만을 의미하지 않았다. 마음의 여유였다. 예전의 나는 촬영 일정에 차질이 생기면 쉽게 초조해졌고, 날씨가 흐리기만 해도 하루가 망가진 것처럼 느꼈다. 그러나 어느 순간부터 비가 오면 비가 오는 내로, 눈이 오면 눈이 오는 내로 받아들이게 되었다. 계획이 틀어져도, 그 틈에서 또 다른 이야기가 생길 수 있다는 사실을 알게 되었기 때문이다.

낯선 도시에서 불친절한 사람을 만나도 예전처럼 마음이 상하지 않았다. '오늘 그 사람에게도 힘든 일이 있었겠지' 하고 한 발 물러설 수 있게 되었다. 베트남은 내게 단순한 여행지가 아니라, 삶의 리듬을 다시 조율하게 해준 장소였다. 빠르게 성공하지 않아도 괜찮다는 것, 넘어져도 다시 발돋움할 수 있다는 것을 온몸으로 배운 곳이다. 그래서 지금도 베트남을 떠올리면 맛있는 음식이나 상인들과의 흥정 장면보다도 그 시절의 나 자신이 먼저 떠오른다. 불안했지만 멈추지 않았고, 두려웠지만 카메라를 내려놓지 않았던 나. 베트남은 그렇게 내 인생이 다시 도약할 수 있도록 조용히 발판이 되어주었다.

문이 열리는 곳으로

처음에 미국 갱스터 마을을 찾아가 이야기를 나누겠다고 했을 때, 주변의 많은 사람들이 걱정하며 말렸다. 너무 위험하다는 이유에서였다. 게다가 나는 혼자 여행하는 유튜버이니 더욱 걱정이 될 법도 했다. 단순히 조회수를 늘리기 위한 목적에서였다면 목숨을 담보로 하는 여정을 애초에 고려하지도 않았을 것이다. 나 역시 두렵기는 마찬가지였지만 우리가 흔히 불법적인 일을 하고, 총싸움이나 하는 집단이라고 생각하는 사람들에게서 어쩌면 좀 더 다

른 이야기를 들을 수 있지 않을까, 하는 호기심
이 첫 번째였다. 그들과 이야기를 나누고 새로
운 관점을 얻게 되었다고 해서, 갱이라는 집단
을 미화할 의도는 전혀 없다. 다만 잘 알지 못하
는 누군가를 향해 무조건적인 선입견을 가지고
비판만 하고 싶지는 않았다.

누군가에게 선인인 사람이 다른 누군가에
게는 악인이 될 수 있다는 사실을 우리는 모두
잘 알고 있다. 나 또한 그렇다. 유튜브를 시작하
면서 점점 더 많은 사람들에게 내 얼굴과 이름
이 알려졌다. 나를 아끼고 좋아해주는 구독자
들이 많이 생겼지만, 나의 단면만 보고서 무조
건적으로 싫어하고 비판하는 사람들도 생겨났
다. 처음에는 상처도 많이 받았다. 분명한 근거
와 논리를 가지고 이야기를 했는데도, 몇몇 사
람들은 자신이 살고 있는 나라의 지역에 대해
좋은 말을 하지 않았다는 이유만으로 나의 외

모나 말투 등을 비난했다. 하나하나 집요하게 따져가며 반박하고 싶었지만 이제는 아무 의미가 없다는 것을 안다. 400여 개가 넘는 영상 중 일부만 보고 나를 판단한 사람들에게 나의 앞모습뿐 아니라 옆모습, 뒷모습까지 봐달라고 외쳐봤자 소용이 없기 때문이다. 그들이 나에 대해 좀 더 알고 싶다면 내가 말하지 않아도 먼저 알아봐줄 것이다.

흔히 갱이라고 하면 총기류나 마약 등 불법적인 물품을 소지하고 거래하는 불법 조직이라는 이미지부터 떠오른다. 부정적인 의미의 '강함'이 연상되기도 한다. 그렇다면 이들은 왜 펜이 아닌 총을 들어야 했을까? 강함의 진정한 의미는 무엇일까? 이러한 질문들의 답을 얻기 위해서는 그들을 직접 만나야만 했다. 그들의 이야기를 듣고 체화해야만 했다. 두렵다는 마음보다는 내가 알지 못하는 미지의 영역에 대한 궁금증으로 가슴이 설레기 시작했다. 왜인지 그들과 이야기를 나누고 어쩌면 좋은 친구가 될지도 모른다는 생각도 들었다. 그렇게 나는 갱들을 만나기 위해 미국행 비행기에 몸을 실었다.

샌프란시스코라고 하면 '부자 동네'라는 생각부터 떠오른다. 미드에서나 봤던 근사한 사람들과 슈퍼카가 즐비한 부촌이 떠오를 것이다. 하지만 우리나라의 압구정이라는 도심 한복판에서 내가 가장 먼저 마주한 것은 거리의 노숙자들이었다. 누군가는 약에 취해 비틀거렸고, 누군가는 알 수 없는 내용을 큰 소리로 외치며 거리를 하염없이 돌아다녔다. 추운 날씨에도 반팔 티셔츠를 입고 있던 한 여성과 이야기를 나눌 기회가 있었다. 이렇게 부유한 도시에서 노숙자로 살아가는 것이 억울하거나 속상하지 않느냐고 물었더니, 그녀는 덤덤하게 괜찮다고 대답했다. 본인의 선택이고, 그의 결과를 따른다는 것이었다. 그러고는 내게 한마디를 남기고 무리들이 있는 곳으로 사라졌다. "너의 모험과 도전을 계속 이어가. 모두 다 좋아질 거야."

배우를 꿈꾸며 공부했지만 이제는 자기 자신의 삶이라는 무대에서 배우가 되겠다는 그녀는 내게 행운을 빌어주었다. 그렇게 헤어지고 마친 길거리를 순찰 중인 경찰들을 만났다. 그들에게 이곳이 위험한지 물었더니 '굉장히 위험하다'는 답변을 들려주었다. 워낙 많은 범죄들이 일어나기 때문이다. 미국 경찰에게서 항상 조심해야 한다는 말을 들으니 아무래도 마음이 편하지는 않았다. 혼자 카메라를 켜고 돌아다니는 동양인 남성이 흔하지는 않을 테니까.

내가 미국에 간 이유는 스톡턴에서 갱 활

동과 음악을 하는 캄보디아인 BBM과 만나기 위해서였다. 그와 이야기하고 싶다고 SNS를 통해 메시지를 보냈고, 흔쾌히 와도 좋다는 답변을 받았다. 그의 메시지 하나만 믿고 샌프란시스코에서 스톡턴까지 다섯 시간 동안 버스를 타고 이동했다. 지역 주민들조차 무서워하고 꺼려하는 곳에서 소위 범죄 집단이라고 일컬어지는 갱들과 무슨 이야기를 나눌 수 있을까. 내가 가진 것이라고는 카메라 한 대뿐이었지만 용기를 내어 한 걸음 더 나가보기로 했다.

BBM을 만나기 위해 그가 알려준 장소에 도착했다. 스톡턴의 작은 마을에는 캄보디아인을 중심으로 흑인, 백인, 멕시코인 등 다양한 인종들이 모여 살고 있었고, 내가 도착한 날에는 불꽃놀이가 한창 진행되고 있었다. BBM과 그의 동료들은 나를 반갑게 맞이해주었다. 음악과 폭죽이 울려 퍼지고 있어서인지, 동네 사람들이 밖에 나와 춤을 추며 지금 이 순간을 즐기고 있었다. 몇몇 사람들이 허리에 총을 꽂고 있었지만, 무섭거나 공포스러운 분위기라기보다 음악을 즐기는 축제 분위기에 더 가까웠다. BBM에게 음악을 들어봤는데 참 좋았다고 전하며, 음악을 만드는 동력이 무엇인지 물었다. 그러자 "여기 함께 살아가는 사람들이 내 힘이야"라는 대답이 돌아왔다.

그날 그 자리에 있던 모든 사람늘이 비슷한 대답을 했다. 이곳에서 갱으로 사는 이유를 묻는 질문에 "나와 내가 선택한 가족을 지키기 위해서"라고 답했다. 모든 사람들이 자신의 환경을 선택해서 태어날 수 없다. 그들은 자신이 가진 환경이 썩 아름답지 않을 수 있다는 점을 인정하고, 스스로와 가족들을 지키기 위해 할 수 있는 일을 해야만 한다고 말했다. 그리고 이날 내 인생을 바꿔준 한 아이를 만났다. BBM과

그의 무리를 따라 걸으며 이야기를 나누던 도중, 초등학생 고학년으로 보이는 아이를 만났다. 그 무렵의 아이답게 수줍은 미소를 짓는 아이에게 다가가 앞으로 어떻게 살고 싶은지 물었다. 사실은 '이런 곳에서 어떻게 살아가고 있니?'라고 묻고 싶었다.

그러자 조금의 망설임도 없이, 오히려 여유로운 표정으로 이렇게 대답하는 것이었다. "인생은 계획대로 되지 않잖아요. 내게 문이 열리는 곳으로 가야죠." 우문현답이었다. 우리는 5년 후, 10년 후의 미래를 알 수 없다. 당장 내일 무슨 일이 일어날지도 알 수 없다. 그렇기에 지금 이 순간 내가 마주한 현재를 성실하게 살아갈 뿐이다. 그러다 보면 나를 인도하는 문이 열릴 것이고, 또 다른 문이 열리기를 기대하며 계속 나아갈 뿐이다. 오랜 시간이 지난 지금도 스톡턴에서 만난 아이의 말이 종종 떠오른다.

나 역시 내게 열리는 문을 찾기 위해 분투해왔
다. 흔히 문을 '기회'에 비유하기도 한다. 나는
누구에게나 문, 즉 기회가 찾아온다고 믿는다.
다만 어디서 어떤 기회가 올지는 알 수 없기에
가만히 앉아서 나를 찾아와주기만을 기다려서
는 안 된다.

사실 과거에 나는 아나운서가 되고 싶었
다. 방송에서 뉴스를 전하는 내 모습을 상상하
며 열심히 준비하던 중, 종편의 시대가 열렸다.
보도, 교양, 오락 등 모든 장르를 편성할 수 있
는 채널이 등장하면서 방송의 지형은 급격히
바뀌었다. 규제가 완화된 만큼 기회는 늘었지
만, 동시에 경쟁의 폭도 넓어졌다. 당시 내가 다
니던 아카데미에 오신 현역 아나운서에게 주요
지상파 3사에 지원해도 최종까지는 갈 수 있겠
지만, '자기만의 한 방'이 부족하다는 피드백을
받았다.

　　그래서 방송 진행 능력을 키울 겸 유튜브를 시작했다. 거리에서 사람들을 만나 인터뷰를 하고, 그들의 이야기를 들었다. 워낙 사람을 좋아했고 말하는 것도 좋아했던 터라 인터뷰 자체는 어렵지 않았다. 하지만 시간이 지날수록 말하기보다 듣기에 더 집중하게 되었다. 좋은 인터뷰어란 자신의 말을 잘하는 사람이 아니라, 인터뷰이로부터 진짜 이야기를 끌어낼 수 있는 사람이라고 믿게 되었기 때문이다. 그렇게 수많은 대화를 거치며 말하는 법보다 대화하는 법을 배울 수 있었다.

　　유튜브를 운영하며 영어 회화 플랫폼을 만들어 사업을 했고, 이후에는 패션 유통 사업에도 도전했다. 결과만 놓고 보면 큰돈을 잃은 실패였다. 그러나 지금에 와서 돌아보면, 그 시절을 실패라고 부르고 싶지는 않다. 치열했던 20대의 어느 한 순간을 떠올려도 후회는 없다.

매 순간 나에게 옳다고 믿는 길을 선택했고, 할 수 있는 최선을 다했으며, 실패 앞에서도 삶이 나에게 무언가를 가르치고 있다고 믿었다. 언젠가는 나의 시간이 올 것이라 생각했고, 지금은 그 드라마를 준비하는 과정이라고 스스로를 설득했다.

계획이 어그러졌다고 좌절하는 대신 더 좋은 날을 기다리기로 마음먹자, 삶은 오히려 더 긍정적인 방향으로 움직이기 시작했다. 지금의 실패가 훗날에도 실패로 남을지는 결국 내가 결정하는 문제였다. 강연을 하다 보면 종종 이런 질문을 받는다. "지금 제 앞에 있는 것이 문인지, 아니면 벽인지 어떻게 알 수 있을까요? 문이라면, 그 문이 저에게 맞는 문이라는 건 어떻게 확신하나요?" 그 질문에 대한 나의 대답은 늘 같다. 내가 누구인지 아는 것이 가장 먼저라는 것이다.

시나리오를 쓰고 싶어 유명하다는 수업을 찾아 들으며 작가를 꿈꾸기도 했고, 연기 학원에 다니며 배우를 상상한 적도 있다. 그 모든 선택 앞에서 나는 쉽게 포기하지 않았다. 스스로 확신할 때까지 끝까지 해보는 쪽을 택했다. 오직 나만이 나를 납득시킬 수 있었고, 충분히 해봤다고 느낀 뒤에야 다른 문을 찾았다. 내가 누구인지 알아가는 과정은 자기계발의 출발점이자, 실패를 다루는 태도까지 관장한다. 삶에서 어려움을 겪는 흔한 이유는 보통 선택지가 없어서가 아니라, 기준이 없어서다. 내가 무엇에 에너지를 얻고, 무엇에 소진되는지 모른다면 기회가 와도 판단할 수 없다. 즉 내 앞이 벽으로 가로막혀 있는지, 아니면 새로운 기회의 문인지 알 수 없다는 것이다.

물론 실패할 수도 있다. 당시에는 분명히 맞다고 생각한 가치들이 시간이 지나면 빛이

바랠 수도 있고, 또 다른 가치가 더 중요하게 느껴질 수도 있다. 나 역시 지난 인생을 되돌아보면 어느 순간도 나의 뜻대로 완벽하게 맞아떨어진 적이 없었다. 기울어진 집안을 혼자 일으켜보겠다고 시작한 사업은 결국 실패로 끝났고, 아나운서가 되겠다던 꿈 역시 실패했다. 하지만 몇 차례의 사업은 내게 진정한 도전의 의미를 알려주었고, 아나운서를 준비하면서 시작했던 유튜브 채널과 인터뷰는 지금 세계를 놀아다니며 영상을 만드는 데 가장 중요한 초석이 되었다. 인생의 시기마다 무슨 문이 열릴지 알 수 없지만, 일단 문을 열고 들어가면 스스로에게 부끄럽지 않을 만큼 최선을 다했다. 그러다 보니 또 한 단계 나아갈 수 있는 새로운 문이 열리기 시작했다.

내가 가장 마음에 새기는 말, '새옹지마'. 옛날에 나이가 지극한 어르신이 살고 있었는데, 어느 날 집 안으로 주인 없는 말 한 마리가 들어왔단다. 그 말이 복인 줄 알았지만 아들이 말을 타고 놀다 떨어져 다리를 크게 다치고 말았다. 잡아먹을 수도 없고 이걸 어쩌나, 참 운이 없다고 생각하던 며칠 뒤에 나라에 전쟁이 터졌다. 동네의 모든 아들들이 전쟁터로 나갔지만 어르신의 아들은 다리 부상으로 유일하게 살아남았다.

인생은 오르막과 내리막이 끊임없이 이어진다. 당장 좋은 일인지, 나쁜 일인지 알 수 없는 순간들이 많다. 좋다고 여겼지만 알고 보니 나쁜 일이었을 수도 있고, 나쁘다고 생각했는데 시간이 지나고 보니 오히려 좋은 일이 되는 경우도 정말 많다. 그러니 그저 눈앞에 열린 문을 따르듯, 그것이 결국 좋은 무언가를 가져다줄 거라고 믿고 나아가면 된다.

나는 서울에 있는 대학교에 가고 싶어 고

등학교 2학년 2학기부터 공부를 시작했다. 중학교 3학년 수학 교재부터 다시 펼칠 만큼 뒤늦게 정신을 차렸고, 온 힘을 다했다. 모의고사 성적은 평균 7등급이었지만 결국 수능에서 언어, 수리, 외국어가 각각 3, 2, 2등급이 나왔다. '1년만 더 일찍 했더라면 훨씬 더 잘할 수 있었을 텐데'라는 확신에 재수를 결심했다. 1년 뒤 다시 치른 수능 성적은 2, 1, 1등급. 충분히 서울 상위권 대학을 노릴 수 있는 점수였다. 그런데 성균관대는 간발의 차로 떨어지고, 동국대학교 경영학과에 붙었다. 아마 그해 가장 높은 성적으로 입학한 학생이었을 것이다.

하지만 원하는 대학에 가지 못했다는 생각에 1년 동안 상실감과 패배감에 젖어 시간을 흘려보냈다. 그렇게 군대에 갔다. 복학 후 첫 학기, 화장실에서 우연히 외국인을 대상으로 한 한국어 봉사 동아리 모집 요강을 발견했다. 별 생각 없이 지원했는데, 영어는 전혀 할 줄 모르던 내가 1년 6개월 동안 외국인들과 활동하며 어울린 끝에 기본적인 의사소통은 어렵지 않게 할 수 있게 되었다. 많은 사람들이 내가 여행 유튜버 신에서 지금까지 살아남을 수 있었던 이유 중 하나로 현지인들과 원활하게 소통하는 능력을 꼽는다.

유한한 삶에서 가능한 한 많은 세상과 문화를 경험해보고 싶다는 소망은 비교적 많은 수입을 동반하며 실제로 이루어졌고, 나는 내가 꿈꾸던 이상적인 삶을 충분히 만족하며 살고 있다. 그리고 이러한 삶의 시작점은 내가 그토록 실패라고 울부짖었던 '그 결과'에서 비롯되었다는 사실이 큰 가르침을 주었다. "오히려 좋을 거야." 원치 않는 결과가 나왔을 때 나는 늘 이렇게 스스로를 세뇌한다. 부정적인 생각이 몰려올 때도 그대로 다 믿지 않는다. 내 안의 모든 생각을 그대로 믿어버리면 삶의 가장 암울한 순간에 갇혀버리고 말 테니까.

좋은지 나쁜지, 지금은 알 수 없다. 나는 결국 좋을 거라는 믿음 하나로 나아간다. 그리고 그 믿음은 놀랍게도 늘 맞아왔다. 누구에게나 기회는 반드시 온다고 믿는다. 다만, 기회를 얻기 위해 노력하는 사람에게만 온다. 지금 당장 나에게 기회가 오지 않는다고 느껴진다면 아직 때가 아닐지도 모른다. 내 상황이 비극적이라고 실망하지 말고, 분명히 나를 위한 때가 올 거라고 믿으며 이를 갈고 기다리는 거다. 내게 열릴 문을 기다리면서, 하지만 치열하게 나의 길을 갈고닦으면서 말이다.

"인생은 계획대로 되지 않잖아요.
내게 문이 열리는 곳으로 가야죠."

구걸이 아닌 장사를 합니다

이집트에 도착해 피라미드를 보기 위해 카이로로 향하던 길이었다. 여행 내내 이집트에서 만난 사람들은 대체로 친절했고, 도움을 아끼지 않았다. 길을 헤매면 먼저 말을 걸어 길을 알려주었고, 낯선 동양인 여행자에게도 웃음을 건넸다. 그런 기억들 덕분에 이집트는 내게 온기 있는 나라로 남아 있었다. 하지만 유독 피라미드 근처 상인들에 대해서만큼은 도착하기 전부터 좋지 않은 이야기를 수도 없이 들어야 했다.

택시를 타고 피라미드로 이동하던 중, 현지인 택시 기사마저 "그 근처 상인들과는 웬만하면 말을 섞지 말라"라고 조언했다. 심지어는 "최악의 인간들"이라는 말까지 덧붙였다. 여행자들의 불만과 현지인의 경고가 겹치자 마음 한편에 경계심이 자연스레 자리 잡았다. 이미 내 안에서는 피라미드를 '조심해야 할 장소'로 미리 규정해 버린 것이다.

각오를 단단히 한 덕분에 무사히 관광을 마치고 나오는 길이었다. 끝없이 펼쳐진 모래빛 풍경과 압도적인 유적을 뒤로한 채 발걸음을 옮기는데, 누군가 조심스럽게 내 옆을 따라왔다. 초등학교 3학년쯤 되었을까. 아직 어린아이 티를 벗지 못한 얼굴에 해진 슬리퍼를 신은 아이였다. 아이는 작은 목소리로 지갑을 하나 사달라고 말을 걸어왔다.

여행을 하다 보면 구걸하는 아이들을 자주

마주치게 된다. 손을 내밀며 돈을 달라는 아이들, 혹은 말없이 따라오다 시선을 떼지 않는 아이들. 도와주는 것이 반드시 좋은 선택이 아니라는 사실을 머리로는 잘 알고 있다. 잠깐의 동정이 구조적인 문제를 바꾸지는 못하고, 오히려 아이들을 그 자리에 머물게 할 수도 있다는 이야기들도 수없이 들어왔다. 그럼에도 너덜너덜한 옷차림에 맑은 눈망울로 나를 올려다보는 아이 앞에서, 마음이 쉽게 단단해지시는 않았다. 그래서 매번 남은 동전 몇 개라도 건네고 돌아서곤 했다.

그런데 그날 만난 아이는 달랐다. 아이는 내게 돈을 구걸하지 않았다. 고사리 같은 손으로 지갑을 들고, 그것을 '팔고' 있었다. 그 모습이 괜스레 기특하게 느껴졌다. 가격을 묻자 아이는 또렷한 목소리로 "50파운드"라고 말했다. 나는 지갑 속에 있던 200파운드 지폐를 건넸다.

그러자 아이는 잠시 머뭇거리더니 거스름돈이 없다고 했다. 적선이 아니라 거래였으므로, 나는 거스름돈을 달라고 말했다. 그 순간, 주변에 있던 다른 아이들이 하나둘 모여들기 시작했다. 아이들은 앞다투어 손을 내밀며 "1달러, 1달러"를 외쳤다. 그 광경은 너무 익숙해서 오히려 마음이 서늘해졌다. 그런데 놀랍게도, 내게 지갑을 팔던 아이가 그들을 향해 소리를 질렀다. 그러지 말라며, 손을 내밀지 말라며, 거칠게 아이들을 쫓아냈다.

아이는 결국 주변을 분주히 돌아다니며 거스름돈을 구해왔다. 그리고 정확한 액수의 돈을 내 손에 쥐여주었다. 표정에는 어떤 뿌듯함과 단단함 같은 것이 섞여 있었다. 나는 지갑 하나를 샀을 뿐인데, 이상하게도 무언가를 크게 배운 기분이 들었다. 아이와 헤어진 뒤 혼자 걸으며 생각했다. 언젠가 저 아이는 반드시 자기가 원하는 바를 이룰 것 같다는 막연하지만 확실한 예감이 들었다. 다른 아이들이 더 쉽고 빠른 방법을 선택할 때, 그는 장사를 했다. 누군가의 동정을 기대하기보다, 스스로 가치를 만들어 거래의 자리에 섰다. 그 작고 당당한 태도, 그리고 스스로를 지키려는 용기가 오래도록 마음에 남았다.

그동안 내가 여행지에서 아이들을 쉽게 외면하지 못했던 이유는, 그늘이 태어날 때부터 공정한 출발선에 서지 못했다는 사실이 안타까웠기 때문이다. 너무나 열악한 환경, 선택지가 거의 없는 삶 앞에서 느끼는 연민은 자연스러운 감정이었을지도 모른다. 하지만 카이로에서 만난 아이를 떠올리며 스스로에게 질문하게 되었다. 빈국이라는 이유로, 혹은 어린아이라는 이유로, 나는 그들을 너무 단순하게 바라보고 있었던 것은 아닐까. 그들 모두를 '도움이 필요한 존재'로만 규정하는 시선에는, 어쩌면 나도 모르게 깔린 오만이 섞여 있지는 않았을까.

관광업으로 살아가는 나라를 여행하다 보면 여행자의 신분으로 누군가의 생계 현장을 마주하게 된다. 길모퉁이에서 애타게 손님을 부르는 사람들, 뜨거운 햇볕 아래에서 하루 종일 파리를 쫓으며 가게를 지키는 사람들, 서툰 발음으로 "헬로"를 건네는 사람들. 그들을 바라보는 우리의 시선은 종종 두 극단을 오간다. 지나친 연민이거나, 혹은 불편함이다. 하지만 그 사이에는 우리가 자주 놓치는 중요한 사실이 있다. 그들은 구걸하는 사람이 아니라, 장사하는 사람이라는 점이다.

여행자로서 취할 수 있는 가장 존중 어린 태도는 불쌍해서 물건을 사주는 것이 아니라 필요하면 사고, 필요하지 않으면 정중히 지나치는 일이다. 이 단순한 태도 안에는 상대를 동등한 경제 주체로 대하는 마음이 담겨 있다. 가격을 흥정할 때도 이겨야 할 게임처럼 굴지 않고, 몇백 원의 차이로 상대의 하루를 깎아내리지 않는 선택이 있다. 그런 작은 태도들이 "나는 당신보다 위에 있지 않다"는 메시지를 전한다.

여행은 낯선 나라를 소비하듯 구경하는 일이 아니라, 낯선 삶의 방식 앞에 초대받는 일에 가깝다. 그 초대에 응답하는 방법은 생각보다 단순하다. 고개를 조금 낮추고, 목소리를 부드럽게 하고, 상대의 시간을 존중하는 것. 여행지에서 내가 쓴 돈이 누군가의 하루가 되고, 내가 보인 태도가 내 나라에 대한 기억으로 남는다면, 그 여행은 이미 충분히 의미 있다. 관광으로 살아가는 사람들 앞에서 우리는 구경꾼이 아니라 손님이다. 그 사실을 잊지 않는다면, 여행은 훨씬 깊고 만족스러운 경험으로 남을 것이다.

개발도상국에서 부촌과 빈촌을 비교하

는 영상들을 여러 번 기획했고, 해외에서 성공한 한국인을 인터뷰하며 경제적으로 큰 성공을 이룬 분들과도 깊은 대화를 나눴다. 각자 다른 가치관과 방식으로 성공했지만, 한 가지 공통점이 있었다면 그들 모두가 인생을 '줌아웃(Zoom-Out)'해서 본다는 점이었다. 지금 나에게 벌어지는 어떤 사건에 속상해하거나 기뻐하는 사이, 그들은 자기가 맞닥뜨린 사건이 인생의 타임라인 안에서 어떤 의미를 갖게 될지 먼저 생각한다.

지갑을 팔던 아이 역시 언어로 표현하진 않았지만, 인생의 타임라인을 펼쳐 줌아웃하고 있음을 느낄 수 있었다. 주변 친구들처럼 관광객에게 1달러를 요구한다면 힘들게 지갑을 팔지 않아도 되고, 그들의 생활에서는 익숙한 행동이니 부끄러울 이유도 없다. 하지만 타임라인을 길게 펼쳐 미래까지 바라본다면 결국 그런 행동은 아무런 이득을 가져다주지 않는다. 물건을 직접 팔아야 하고, 손님을 일일이 찾아다녀야 하니 몸도 마음도 더 고되지만 지금의 경험이 훗날 더 밝은 곳으로 이어지는 문이 되어줄 것임을 꼬마는 이미 알고 있는 듯했다.

사람은 누구나 미래를 기대하며 행복을 느낀다. 일요일 아침보다 금요일 저녁이 더 설레는 것처럼. 엉덩이를 세게 열 번 맞으면 10억을 주겠다고 하면 우리는 "1억! 2억!" 하며 기꺼이 맞을지도 모른다. 하지만 10억을 줄 테니 한 달 뒤 죽겠냐고 묻는다면 누구도 선택하지 않을 것이다. 극단적인 예지만 우리의 시선이 어디를 향하느냐를 보여주는 대목이다. 우리는 안정된 미래를 바라보며, 그 미래를 그리는 '지금의 나'에게서 더 큰 만족을 느낀다. 그래서 묻게 된다. 지금의 나는 초라한가? 보잘것없는가? 그러나 10년 뒤에 돌아본다면 지금 이 순간은 다

시는 돌아오지 않을 미래의 초석이자 아주 찬
란한 시간이다.

2장

내일보다 소중한 오늘의 감각

꿈보다 돈을 좇는 청년들

아직까지 잊히지 않는 장면이 있다. 20년도 넘은 지금 생각하면 사실 별일 아닌데도, 사진처럼 선명하고 또렷하게 남아 있다. 아버지 보증으로 인한 빚으로 가계 형편이 어려워지기 전까지 우리 집은 어려움이 없었다. 누나와 나는 사립 유치원을 다녔고 초등학교 때부터 나는 플루트, 누나는 바이올린을 10년간 배웠다. 할머니, 할아버지 생신 때마다 가족 음악회를 열곤 했다. 그러나 아버지가 혼자서 꽁꽁 숨겨뒀던 여러 차례의 보증이 한꺼번에 터지면서 상황은 180도 바뀌었다. 내 방이 없는 더 작은 집으로 옮기는 건 당연했고, 누나와 나의 악기마저 중고로 팔아서 빚 갚는 데 보태야 했다.

가정주부였던 엄마도 일을 시작했다. 방학 때마다 일주일에 두 번씩 엄마와 함께 동대문 시장을 다녔다. 내 몸보다도 더 큰 옷 봉지들을 끌면서 엄마를 졸졸 따라다녔다. 결혼할 때 친정에서 30평짜리 아파트를 사 줄 만큼 부유하게 자란 엄마는 더 힘들었을 것이다. 이제는 부모님의 도움도 받을 수 없는 데다가, 아직 어린 아이들까지 있으니 생존에 대한 절박감에 일을 하시지 않았을까 싶다.

내가 어려서 그랬는지 전보다 열악해진 집안 사정에도 딱히 슬프거나 괴롭진 않았다. 내 방은 없었지만 여전히 가족들과 함께 살고 있었고, 지금 잠깐의 고통은 성인이 된 후에 돌아보면 추억이 될 거란 막연한 긍정도 있었다. 하지만 지금도 또렷이 남아 있는 한 장면이 돈에 대한 모든 관념을 바꿔놓았다.

여느 때와 다름없이 학교가 끝나고 엄마의 옷 가게로 향했다. "엄마!"라고 부르던 찰나, 엄마는 바닥에 떨어진 천 원짜리 몇 장을 줍고 있었다. 그리고 엄마 앞에는 중년 여성이 꼿꼿이 서서 깎아주지 않는다며 반말로 핀잔을 하고 있었다. 엄마는 정말로 남는 게 없다면서 쓴웃음을 지었다. 지금은 자영업을 하다 보면 비일비재하게 일어나는 일이라는 걸 안다. 그 손님이 나쁜 사람이라고도 생각하지 않는다. 그날 엄청나게 안 좋은 일이 있었을 수도 있고, 돈을 건네면서 실수로 떨어뜨렸을 수도 있다.

하지만 당시 중학생이었던 내게는 세상이 무너지는 느낌이었다. 아마 그때 처음으로 빨리 어른이 되고 싶다고 생각했던 것 같다. 자꾸 보증을 서서 빚만 저지르는 아버지를 이해

할 수도 믿을 수도 없었다. 내가 빨리 성인이 돼서 모든 걸 예전처럼 돌려놓고 싶었다. 돈을 많이 벌어서 아플 때도 병원비 아끼려고 병원에 가지도 않고 집에서 휴식만 취하는 엄마와 돈이 없어서 일부러 핑계를 대고 약속에 가지 않는 누나에게 모두 보탬이 되어 주고 싶었다. 그로부터 오랜 시간이 지나서도 문득 그때의 기억이 떠오르면 자꾸 눈물이 났다.

그때의 경험 때문인지, 나는 사람들을 만나 이야기를 듣는 것을 좋아한다. 누구의 선택이든 그 사람의 과거가 깃들어 있다는 것을 알기 때문이다. 누군가 내 앞에 온다는 것은 정말 어마어마한 일이라는 정현종 시인의 〈방문객〉에 나오는 구절처럼, 한 사람이 온다는 것은 한 사람의 일생이 오는 것이라는 말을 온몸으로 느끼게 된다. 그래서일까? 화려하고 여유로운 선진국도 좋지만, 소외되고 어려운 환경에서도 웃음을 잃지 않고 살아가는 사람들을 찾게 된다.

미얀마는 지금도 전쟁 중이다. 2021년 군부 쿠데타 이후, 공식적인 평화의 시간을 갖지 못한 채 전국 곳곳에서 무장 저항과 충돌이 이어지고 있다. 군부와 민병대, 소수민족 무장단체 사이의 전투는 지역에 따라 격렬하게 반복되고, 그 여파는 일상의 가장 낮은 자리까지 스며들이 있다. 경제는 깊은 침체에 빠졌고, 외국 자본은 발을 빼며, 미래를 계획할 수 있는 시간은 사람들 손에서 조금씩 사라지고 있다.

언론 통제는 생각보다 훨씬 심각했다. 외국에서 온 기자로 보이기만 해도 위험해질 수 있다는 말을 들었다. 공항을 벗어나기 전까지는 카메라를 꺼두었고, 거리에서도 촬영 버튼을 누르는 데 늘 망설임이 따랐다. 여행자라는 이름으로 미얀마에 왔지만, 이곳에서 '본다'는 행위는 곧 '조심해야 할 일'이었다. 그럼에도 미얀마 사람들을 만나 그들의 이야기를 듣고 싶었다.

카메라가 아닌 대화로, 기록이 아닌 기억으로 이 나라의 현재를 담고 싶었다. 그렇게 만난 사람들의 삶은 숫자 하나로 요약할 수 있었다. 미얀마의 평균 월급은 약 100달러, 우리 돈으로 14만 원 남짓이다. 하지만 물가가 저렴하지도 않다. 하루하루를 버티는 것만으로도 숨이 가쁜 현실에서 이들에게 안정적인 삶이나 장기적인 계획은 사치에 가까웠다.

그래서일까. 미얀마의 젊은이들에게 '꿈'은 점점 낯선 단어가 되어가고 있다. 그 자리를 대신한 것은 아주 명확한 목표, 즉 돈을 벌 수 있는 곳으로 떠나는 것이다. 해외에 나가면 지금보다 열 배 이상 벌 수 있다는데 떠나지 않을 이유가 없다. 이제 그들에게 남은 것은 고향을 떠나는 선택뿐이다. 놀라웠던 점은 한국이라는 나라가 이들에게 얼마나 또렷한 목적지로 존재하는가였다.

미얀마에는 한국 고용허가제(EPS)를 준비하는 시스템이 비교적 잘 갖춰져 있었다. 한국어를 가르치는 학원, 시험 대비 아카데미, 한국 생활을 설명하는 강의까지 커리큘럼이 매우 체계적으로 짜여 있었다. 한 번도 한국 땅을 밟아본 적 없는 사람들이 유창한 한국어로 자신의 미래를 이야기하고 있었다. "한국에 가서 일하고 싶어요." 그 말에는 동경보다 절박함이 짙게 묻어 있었다.

그들에게 왜 한국에 가고 싶냐고 물었더니, 돈을 많이 벌어 부모님께 보내고 싶다고 답했다. 집을 고치고 싶고, 동생의 학비를 대주고 싶다고 대답했다. 그들 앞에서 금수저나 은수저를 논하는 태도는 아무 의미가 없어 보였다.

우리가 흔히 이야기하는 '출발선이 다르다'는 말조차 여기서는 너무 멀리 있는 개념 같았다. 태어난 나라 하나로 삶의 난이도가 이렇게 달라질 수 있다는 사실이 그날따라 유난히 무겁게 다가왔다.

워런 버핏은 자신이 미국에서, 그것도 백인으로 태어난 것이 인생 최대의 행운이라고 말한 적이 있다. 그 말을 이곳에서 다시 떠올리게 될 줄은 몰랐다. 미얀마의 젊은이들을 보며 나 역시 비슷한 생각을 했다. 한국에서 태어나 자라고, 여권 하나로 세계를 다니며 카메라를 들 수 있는 삶은 오직 내가 노력해서만 얻은 결과는 아니라는 사실을 이곳에서 또렷하게 실감했다.

"나라가 안정되어야 젊은 사람들도 꿈을 꿀 수 있어요." 미얀마에서 들은 말이 오랫동안 머릿속을 맴돌았다. 그러다 자연스럽게 우리나라의 과거가 떠올랐다. 지금은 선진국 반열에 올랐지만, 1970~1980년대의 대한민국 역시 많은 이들이 해외로 떠나야 했던 가난한 나라였다. 가족을 먹여 살리기 위해, 자식을 학교에 보내기 위해, 낯선 중동의 사막에서 혹은 미국의 가장 어두운 지하에서 땀을 흘려야 했던 시절이었다. 지금의 미얀마보다 더 가난하고, 더 불안정했던 시간도 분명 존재했다.

그 시절 누군가의 선택과 노동 위에 지금의 내가 서 있음을 알기에, 미얀마의 젊은이들을 보며 단순한 연민이나 거리감을 느낄 수 없었다. 그들은 어쩌면 우리가 이미 지나온 길 위에 서 있는 사람들일지도 모른다. 다만 아직, 그 길의 끝에 무엇이 있을지 장담할 수 없을 뿐이다. 여행은 종종 나를 겸손하게 만든다. 미얀마에서 풍경보다 사람을 오래 바라보았다. 꿈을 말하기보다 돈을 이야기해야 하는 현실, 선택지가 많지 않은 삶, 그리고 그 안에서도 끝내 포기하지 않는 책임감. 이곳에서 만난 사람들의 얼굴은 오랫동안 잊히지 않을 것이다.

미얀마는 지금도 전쟁 중이지만, 사람들은 오늘을 살아간다. 그리고 그들의 오늘은 우리가 너무 쉽고 당연하게 여기며 지나친 것들로 이루어져 있다. 여행을 마치며 다시 한번 생각했다. 내가 가진 이 삶이 얼마나 많은 우연과 행운 위에 놓여 있는지에 대해. 그리고 그 사실을 잊지 않는 것이 내가 할 수 있는 최소한의 예의라는 것을.

여행은 종종 나를
겸손하게 만든다.
내가 가진 이 삶이
얼마나 많은 우연과 행운 위에
놓여 있는지에 대해.
그리고 그 사실을 잊지 않는 것이
내가 할 수 있는 최소한의
예의라는 것을.

가장 빨리 행복해지는 법

인도는 내게 언제나 여러 겹의 감정을 동시에 불러일으키는 나라다. 이 나라를 한 문장으로 요약하자면, 양극단이 한데 뒤엉킨 세계라고 말할 수 있을 것 같다. 삶과 죽음, 가난과 부유, 여성과 남성, 현세와 내세, 천국과 지옥. 보통이라면 같은 문장 안에 나란히 놓기 어려운 개념들이 인도에서는 조금도 어색하지 않게 공존한다. 갠지스강에만 가보아도 그렇다. 한쪽에서는 시신을 화장하는 불길이 타오르고, 다른 한쪽에서는 오늘의 죄를 씻어내기 위해 강

물에 몸을 담그는 사람들이 있다. 죽음과 정화가 같은 강 위에서 같은 시간에 이루어지는 모순적인 장면은 인도라는 나라를 가장 정확하게 설명하는 장면이기도 하다.

인도에서 겪은 이야기를 모두 풀어놓자면 책 한 권으로도 부족하지만, 그중에서 가장 깊고 오래 남아 있는 기억은 불가촉천민과의 만남이다. 불가촉천민은 카스트 제도 중 가장 낮은 신분에 속하는 사람들을 일컫는다. 인도로의 여행을 결정한 뒤, 인도 중부 마디아프라데시주 북쪽의 관광 도시 카주라호 인근에 불가촉천민이 사는 마을이 있다는 이야기를 들었다. 직접 찾아가 보고 싶었지만, 북인도에서는 그들을 굳이 찾아 나서지 않아도 쉽게 만날 수 있다고 했다. 그렇게 나는 바라나시에서 그들과 마주하게 되었다.

아직도 '불가촉천민'이라는 단어가 사용되

고, 그들이 현실 속에 존재한다는 사실은 생각보다 훨씬 더 무겁게 다가왔다. 그들을 만나기 전, 어떤 태도를 가져야 할지 오래 고민했다. 섣부른 동정은 또 다른 폭력이 될 수 있다는 걸 알기에 작은 말 한마디, 몸짓 하나에도 조심스러워질 수밖에 없었다.

갠지스강에서 쓰레기를 치우고 있던 한 불가촉천민에게 조심스럽게 질문을 던졌다. 태어날 때부터 정해진 신분에 대해 불만은 없는지가 가장 궁금했다. 돌아온 대답은 예상과 달랐다. 그는 담담하게 말했다. "나는 태어날 때부터 불가촉천민이었어요. 그러니 이건 내가 받아들여야 할 운명입니다."

요즘의 젊은 인도인들은 더 이상 카스트 제도가 존재하지 않는다고 말하기도 한다. 노력만 한다면 누구든 더 나은 삶을 살 수 있다고, 많은 매체 역시 그렇게 이야기한다. 그래서 더 궁금해졌다. 정말 그 말은 현실일까. 세상은 그들에게 알을 깨고 나오라고 말하지만, 그 알은 과연 깨질 수 있을까. 이에 대해서 물으니, 불가촉천민도 교육을 통해 더 나은 일을 가질 수는 있지만, 인도 사회 깊숙이 뿌리내린 계급의 벽을 완전히 넘기는 여전히 어렵다고 했다. 법적인 제도는 사라졌을지 모르지만, 차별은 여전히 일상의 공기처럼 남아 있었다.

카스트 제도의 최상위에 있는 사람들이 선을 긋고 경계를 만드는 한, 가장 아래에 있는 사람들은 정체될 수밖에 없다. 그 현실이 안타까웠다. 인터뷰를 마치며 그가 남긴 마지막 말은 오래도록 마음을 떠나지 않았다. "지금은 불가촉천민으로 태어났지만, 내가 할 수 있는 일을 성실히 하며 산다면 다음 생에서는 더 좋은 사람으로 태어날 수 있다고 믿습니다." 그는 인터뷰를 하는 내내 미소를 잃지 않았다.

세계를 여행하며 만나는 수많은 사람들을 옳다거나 나쁘다고 쉽게 재단하지 않으려 한다. 착한 사람이 되고 싶어서가 아니라 그런 판단이 내게 큰 의미가 없기 때문이다. 사람은 누구나 장점과 단점을 함께 가지고 있고, 어떤 환경에서 태어나 어떻게 살아왔는지에 따라 다른 무게가 놓인다. 그래서 누군가를 평가하기보다 그 사람에게서 내가 배울 수 있는 것이 무엇인지에 더 오래 머물러 생각하려 한다.

그렇게 조금씩 더 나은 사람, 조금씩 더 성장하는 사람이 되는 것이 나에게는 훨씬 중요하다. 불가촉천민이라는 제도는 인문적으로도, 인류적으로도 분명히 옳다고 말할 수 없다. 하지만 그 안에 살아가는 한 사람의 사고와 태도 속에는 분명히 배울 점이 있었다. 그것은 자기 삶의 기준을 바깥에 두지 않는다는 것. 다시 말해 나만의 삶을 살아간다는 태도였다.

〈백설공주〉 동화 속에서 왕비는 늘 거울에게 같은 질문을 던진다. "이 세상에서 누가 가장 아름답지?" 그 질문을 하기 전까지 왕비는 불행하지 않았다. 그녀는 왕비였고, 충분히 아름다웠으며, 자기 삶을 살아가고 있었다. 하지만 거울이 다른 이름을 말해준 순간부터 왕비의 삶은 조금씩 무너지기 시작한다. 그녀를 불행하게 만든 것은 백설공주가 아니라 비교를 멈추지 못한 자신의 질문이었다. 왕비는 결국 자기 삶을 끝까지 살아보지 못한 사람이 되었고, 백설공주는 왕비의 인생 전체를 잠식해버린 이름이 되었다.

한때 여행 유튜버로서 깊은 자괴감에 빠진 적이 있다. 지상파로 진출하는 다른 유튜버들을 보며 스스로를 비교하기 시작했기 때문이다. 내가 먼저 유튜브를 시작했고, 내 영상이 결코 뒤처진다고 생각하지 않았는데도 어째서 인지도는 이토록 차이가 날까. 물론 그들 대부분은 소중한 친구들이고, 그들의 성공이 진심으로 기뻤다. 덕분에 여행 유튜버라는 세계가 더 넓어졌다는 사실에도 감사했다. 하지만 비교는 언제나 조용히 시작해 빠르게 잠식한다. 어느 순간부터 나는 영상을 만드는 과정 자체에서 기쁨을 잃어가고 있었다.

점점 조회수에 집착하자 자극적인 콘셉트만 눈에 들어왔다. 내가 왜 여행을 기록하기 시작했는지, 무엇을 전하고 싶었는지는 어느새 흐릿해졌다. 이대로는 오래 갈 수 없다는 생각이 들었다. 지속 가능한 작업이 아니라는 걸 스스로 가장 잘 알고 있었다.

그때 인도에서 만났던 사람들의 얼굴이 떠올랐다. 그리고 결심했다. 지금의 환경에 상관없이, 더 빨리 가려고 애쓰지 않겠다고. 더 이상 누구와도 나를 비교하지 않겠다고. 대신 내가 할 수 있는 일을 감당할 수 있는 속도로 차곡차곡 쌓아가겠다고. 지금의 이 시간이 언젠가는 한 편의 이야기, 한 편의 드라마가 될 것이라 믿기로 했다.

이 장의 제목이기도 한 '가장 빨리 행복해지는 법'에 대한 나만의 답을 적어본다. 타인과의 비교를 멈추고 어제의 나와만 비교할 것. 현실을 부정하지 않되, 그렇다고 쉽게 체념하지도 않을 것. 인생의 사소한 디테일에 매달리기보다 한 걸음 물러서서 전체를 바라볼 것. 무엇보다 자기 자신을 온전하게 믿을 것.

조금만 줌아웃해도 삶에는 생각보다 많은 여백이 생긴다. 인도에서 배운 가장 큰 교훈은 어쩌면 이것인지도 모른다. 행복은 더 멀리 가야 얻어지는 보상이 아니라, 지금 내 자리에서 받아들이는 태도에 달려 있다는 것이다. 그 사실을 깨닫는 순간, 우리는 생각보다 훨씬 빠르게 행복해질 수 있다. 결국 지금 행복할 줄 아는 사람은 더 나은 조건 속에서도 여전히 행복하다. 행복한 사람들은 대개 비슷한 이유로 행복하지만, 불행한 사람들은 저마다 다른 이유로 불행하다.

타인과의 비교를 멈추고
어제의 나와만 비교할 것.
현실을 부정하지 않되,
그렇다고 쉽게 체념하지도 않을 것.
인생의 사소한 디테일에
매달리기보다 한 걸음 물러서서
전체를 바라볼 것.
무엇보다 자기 자신을
온전하게 믿을 것.

돈이 전부는 아니지만,
많이 벌고 싶어

중학교 때 갑자기 가세가 기울고 나서부터 항상 경제적으로 부족하다고 생각해왔다. 성인이 되고서야 유복한 가정에서 자랐음을 깨닫긴 했지만, 분당이라는 지역적 특성인지 유독 주변에 경제적으로 풍요로운 친구들이 많았다. 지금도 죽마고우로 지내고 있고 그 친구의 결혼식 때 내가 사회까지 봐주었던 절친한 친구의 아버지는 포털 사이트에도 나올 만큼 대한민국 최고 대기업의 부사장이었고, 그 외에도 연예인, 의사, 사업가를 부모님으로 둔 친구들이 많았다. 어린 마음에 나도 부자가 되고 싶었다. 아버지의 보증 문제가 연쇄적으로 터지고 나서 모든 걸 정리하고 대구로 내려오라는 친정의 조언에도 엄마는 자식들을 수도권에서 키우고자 했다. 연약한 몸으로 장사를 해가며 뒷바라지를 해주신 것에 늘 감사함과 마음의 빚이 남아 있다.

그래서 꼭 성공해서 고생한 엄마의 10대, 50대를 보상해주고 싶었다. 미래에 꾸릴 내 가정, 와이프와 자식들에게 내가 겪었던 경제적 어려움을 겪게 하고 싶지 않았다. 군대를 제대한 후부터 회사원이라는 선택지 자체를 지웠다. 그때부터 지금까지 어떤 시점으로 돌아가도 더 열심히 할 자신이 없을 정도로 매일매일을 치열하고 바쁘게 일했다. 기회는 생각보다 빨리 찾아왔다. 2015년 6월의 한여름에 시작한 유튜브 채널이 첫 영상부터 대박이 났다. 당시만 해도 한국 사람들이 유튜브를 많이 사용하지 않을 때여서 비교적 빠르게 자리를 잡을 수 있었다.

광고가 주기적으로 들어오기 시작했다. 주변 친구들은 시급 5천 원을 받으며 아르바이트를 했는데, 나는 유튜브 영상으로 200만 원을 벌었다. 잘되는 달에는 400만 원도 벌었다. 열한 번째 영상에 원어민 한 명과 한국인 여섯 명을 매칭한 회화 그룹 스터디 사업을 홍보했다. 열흘 만에 조회수가 300만 회를 넘으면서 선생님이 부족할 만큼 많은 학생들이 등록했다.

돈의 맛은 달콤했다. 가족들에게 용돈을 주고, 친구들과 술자리에서도 턱턱 계산하는 기분이 참으로 좋았다. 무엇보다도 자신감이 붙으면서 앞으로 더 잘될 수 있겠다는 희망이 매일매일 나를 벅차오르게 만들었다. 하지만 앞서 이야기했듯 호기롭게 시작한 두 번째 사업이 결국 실패로 끝나면서 1억 원이 넘는 큰돈도 함께 사라졌다. 그렇게 바닥에서부터 다시 여행 유튜브에 도전했다. 마치 천국에서 지옥으로 좌천된 기분이었다. 2018년 4월 17일, 정확히 통장에 380만 원이 남은 채로 베트남으로 향했다.

2주 동안 37만 원을 벌었다. 체류하면서 100만 원 정도 쓰고 있었으니 이렇게 가다가 얼마 버티지 못할 게 분명했다. 한국으로 돌아가야 한다는 생각을 하면 눈앞이 깜깜했다. 어떻게든 계속해야 했다. 베트남 호찌민과 하노이를 거쳐 태국 방콕, 그리고 아랍에미리트의 두바이에 도착했다. 여행을 시작한 지 두 달이 넘어가고 있었다. 잊고 있었던 5월의 유튜브 수익을 확인해보니 480만 원이었다. 당시 환율이 1달러에 1,070원이었으니 지금 기준으로 약

650만 원에 달하는 큰 금액이었다. 이후로 훨씬 더 많은 금액을 번 적도 있었지만, 순수하게 돈으로 느낀 행복은 이때를 넘어본 적이 없다. 유튜브 만드는 데 큰 도움을 준 친구에게 보냈던 메시지가 바로 어제의 일처럼 생생하게 기억난다.

"5월 수익 480만 원이다. 다음 달에도 이렇게 벌 수 있을까?"

"야, 당연하지. 곧 천만 원 간다."

"말도 안 돼… 꼭 그렇게 됐으면 좋겠다."

두바이의 깜깜하고 조용한 16인실 도미토리에서 속으로 환호를 지르며 방방 뛰었던 그날의 아름다운 기억이 떠오른다. 그 후로 수입이 점점 더 늘기 시작했다. 그해 8월, 엄마가 친구들과 유럽 여행을 간다기에 여행비를 지원해 주고 나서 느낀 행복감이 아직도 기억난다. 그리고 항상 내게 도움만 주던 어릴 적 친구가 사업을 시작하는데 금액이 부족하다고 했을 때 주저 없이 2천만 원을 빌려줄 수 있었던 순간도 기억에 남는다. 아버지의 보증 트라우마가 있음에도 친구의 힘든 시기에 도움을 줄 수 있다는 사실이 기뻤다. 군대에서 만난 오랜 친구가 미국에서 요식업을 시작할 때도 천만 원이 넘는 돈을 흔쾌히 빌려주었다. 결과적으로 두 친구 모두 큰 성공을 이루었다.

돈에 관한 이야기가 나올 때마다 항상 내가 하는 말이 있다. "돈이 가장 중요한 게 아니야. 행복을 만드는 건 관계야. 관계가 전부야." 하지만 돈이라는 주제는 언제나 뜨거운 감자였고, 내 의도와 달리 오해하는 사람들도 있었다. 내가 하는 일을 오직 돈벌이 수단으로만 여기거나, 돈보다 중요한 가치에 대해 이야기하는 나를 위선자라고 평하기도 했다. 한때 SNS를 달궜던 질문 하나가 있었다. "나의 모든 인간

관계를 없애고 리셋하는 대신 100억 원을 준다면 받을 것인가, 말 것인가?" 놀랍게도 많은 사람들이 100억 원을 받겠다고 답했다. 100억이 있으면 얼마든지 새롭게 인간관계를 형성할 수 있다면서.

사실 놀랍지 않은 결과인지도 모르겠다. 2021년, 미국의 권위 있는 리서치 기관인 퓨 리서치 센터가 "무엇이 삶을 의미 있게 만드는가?"라는 질문으로 설문조사를 진행했는데, 가장 많은 비율로 '돈'이라고 대답한 나라가 한국이었다. 한국을 제외한 많은 국가의 사람들이 가장 중요하게 여기는 1위는 가족이었다. 1위를 가족으로 꼽지 않은 국가는 한국을 제외하고는 딱 두 국가 였는데, 스페인은 '건강'이었고 대만은 '사회'였다. 심지어 한국은 대다수의 국가에서 중요하게 여기는 직업(2위), 친구 관계(4위)는 아예 순위에도 없었다.

나는 결단코 100억이 아니라 1조, 아니 이 세상을 준대도 내가 쌓아온 관계와 바꾸고 싶지 않다. 열심히 일해서 돈을 벌고 싶은 것도 관계를 지키기 위함이다. 아끼는 사람들과 좋은 음식을 먹고 좋은 대화를 하는 것. 그렇다면 어째서 우리는 "돈이 전부는 아니지만, 많이 벌고 싶어"라는 말이 위선적이고 이중적이라고 생각할까? 유튜브 수익이 480만 원이 되었을 때 좁디좁은 나인실 호스텔에서 빙빙 뛰며 행복했던 이유는 내가 나를 먹여 살릴 수 있다는 확신, 누군가에게 기대지 않아도 된다는 감각. 그로 인해 진짜 어른이 되었다는 증거를 확인했기 때문이었다. 나에 대한 확신이 최대치였고, 나보다 훨씬 더 많은 수입을 올리는 사람도 부럽지 않았다.

선택의 폭, 시간의 주도권, 거절할 수 있는 자유, 떠날 수 있는 권리, 머무를 수 있는 여유를 충족시켜준 덕분에 행복했던 것이지, 돈의 액수 자체만의 문제가 아니었다. 내가 세운 가치를 위해 돈을 번다고 확신하지만, 그럼에도 나 역시 언젠가 한강이 내려다 보이는 아파트에 살고 싶다. 인생은 언제나 자신을 설득하는 과정이 필요하다. 물욕이 올라오는 것은 어쩔 수 없는 본능이지만, 그것에만 매몰되면 더 중요한 것을 놓칠 수 있다는 사실을 끊임없이 나에게 각인시켜야 한다.

돈은 분명 중요하다. 중학교 때부터 돈이 부족하다는 감각을 안고 살았고, 480만 원을 벌었을 때는 세상이 달라진 것처럼 느꼈다. 하지만 그 경험을 지나오면서 중요한 깨달음을 얻었다. 돈은 나를 기쁘게 했지만, 돈이 나를 설명해주지는 않았다는 사실이다. 돈이 가져다준 행복은 액수가 아니라, 그 돈이 만들어준 감각 때문이었다. 그래서 돈이 중요하다고 말하지만,

전부라고는 말하지 않는다. 우리가 헷갈리는 지점은 여기다. 가치와 욕망을 같은 층위에 놓고 판단해버리는 것이다.

가치는 방향이다. 내가 어디로 가고 싶은지, 어떤 사람으로 남고 싶은지에 대한 기준이다. 욕망은 장면이다. 어떤 집에서 살고 싶은지, 어떤 삶의 형태를 허락하고 싶은지에 대한 상상이다. 나는 관계와 사랑을 가장 중요한 가치로 둔다. 그렇다고 해서 욕망을 포기할 필요는 없다. 두 가지가 공존한다고 해서 위선적인 것도 아니다. 진짜 위선은 사랑이 가장 중요하다고 말하면서 돈 때문에 사랑을 배반할 때 생긴다. 돈이 전부가 아니라고 말하면서 돈을 벌고 싶은 이유를 정확히 아는 것은 나를 이해하기 시작했다는 증거에 가깝다.

처음으로 번아웃이 왔던 2024년 가을, 카메라 없이 죽마고우 친구와 프랑스, 스페인, 영국에 다녀왔다. 당시 친구는 아주 큰돈을 번 상태였는데, 여전히 국산 소형차를 타고 다녔다. 슈퍼카를 타도 과소비가 아닌데 왜 계속 작은 차를 타냐고 묻자, 친구는 미소를 지으며 답했다.

"내가 언젠가 꼭 훌륭한 영화감독이 되고 싶거든. 그런데 내가 3억짜리 오픈카를 타고 가다가 자전거 타고 있는 봉준호 감독을 만났다고 상상해봤어. 나는 부끄러워서 고개를 숙일 것 같아."

사람의 매력은 무엇을 가졌느냐가 아니라, 인생의 흔적을 의미 있게 쌓은 이야기와 역사, 그리고 개인이 가진 고유함에서 나온다. 그래서 나는 돈을 벌고 싶다. 하지만 돈으로만 설명되는 사람은 되고 싶지 않다. 내가 원하는 건 비싼 차가 아니라, 고개를 들고 누구와도 당당히 마주칠 수 있는 삶이니까.

여유와 낭만을 즐기는 법

인도의 정신없는 교통 체증과 쉼 없는 소음 속에서 며칠을 보내고 난 뒤, 파리에 도착했을 때 가장 먼저 느낀 감정은 안도감이었다. 공항을 나서자마자 귀를 압도하던 소리가 사라졌고, 시선을 조금만 돌려도 오래된 건물과 가로수, 회색빛 하늘 아래 차분히 이어지는 거리 풍경이 펼쳐졌다. 그저 걷고, 멈춰 서서 바라보는 것만으로도 충분히 충만해지는 도시였다. '아, 이곳이 바로 사람들이 말하는 낭만이구나.' 과장처럼 들릴지 모르지만, 그 순간만큼은 파리가 천국에 가깝게 느껴졌다.

흔히 파리는 '낭만의 도시'라고 불린다. 이 표현이 진부하게 느껴질 때도 많았지만, 막상 그 안에 서 보니 명성에는 이유가 있었다. 날씨만 조금 더 따뜻했다면 몇 시간이고 쉬지 않고 걸으며, 내가 서 있는 모든 장소를 눈과 마음에 담고 싶었을 것이다. 파리는 풍경을 소비하는 도시가 아니라, 풍경 속에 천천히 스며들게 만드는 도시였다.

다만 여행자의 입장에서 보자면, 파리는 결코 '친절한 여행지'라고 말하기는 어렵다. 관점의 차이겠지만, 이 도시는 여행객을 최우선에 두지 않는다. 오히려 개인의 삶과 리듬이 철저히 우선되는 사회에 가깝다. 여행자에게 편리하도록 모든 것이 맞춰져 있는 곳이라기보다는, 그들의 삶 한가운데에 잠시 초대받은 느낌에 가깝다.

프랑스는 서두르지 않는다. 뉴욕이나 서울, 도쿄처럼 시간에 쫓기며 숨 가쁘게 돌아가는 도시와는 분명히 다른 리듬을 갖고 있다. 전 세계 어디서나 카페를 쉽게 찾을 수 있는 시대가 되었지만, 여전히 프랑스만큼 카페가 생활 깊숙이 스며든 나라도 드물다. 하루에도 서너 번씩 카페에 들러 커피를 마시고, 아무 말 없이 창밖을 바라보는 풍경이 전혀 이상하지 않은 나라, 이곳에서 커피는 단순한 각성제가 아니라, 하루를 쪼개는 기준점이자 여유와 쉼의 상징처럼 느껴졌다.

하지만 내가 원한다고 해서 언제든 카페나 레스토랑에 들어갈 수 있는 것은 아니다. 어렵게 찾아간 유명한 식당이 이미 문을 닫아 허탕을 치는 일도 잦았다. 한국이나 일본이었다면 상상하기 어려운 장면이다. '관광객이 이렇게 많은데 왜?'라는 의문이 자연스럽게 들었지만, 그 질문은 곧 이 도시를 이해하는 열쇠가 되었다.

SNS에서 맛집으로 유명한 한 카페를 찾아간 적이 있다. 주방 마감은 오후 3시까지였고, 우리가 도착한 시간은 3시 2분. 고작 2분 차이였지만 주방은 이미 마감됐다는 단호한 대답만이 돌아왔다. 혹시 양해가 가능하냐고 조심스럽게 물었지만, 그들은 미안하다는 표정조차 없이 말했다. "그건 중요하지 않아요. 3시는 이미 지났잖아요."

여행자 입장에서는 매정하게 느껴질 수 있는 순간이었다. 하지만 한 발 물러나 생각해보니, 그것은 불친절이라기보다 명확함에 가까웠다. 그들에게는 스스로 정한 규칙이 있었고, 그 규칙을 지키는 일은 협상의 대상이 아니었다. 예외를 허용하지 않는 태도는 곧 자신의 삶을 지키는 그들만의 방식이었다.

업장에서 '3시 마감'은 소비자에게 잔혹한 조건일 수 있다. 대부분의 직장인은 그 시간 안에 식당을 찾기 어렵다. 공휴일이든, 연말 대목이든 상황은 크게 다르지 않다. 그럼에도 그들은 정확한 시간에 주방을 닫고, 일을 마치고, 집으로 돌아간다. 가족과 저녁을 먹고, 연인과 산책을 하거나, 혼자만의 시간을 누린다. 파리를 여행하는 동안 비슷한 장면을 수없이 목격했다. 아무리 입지가 좋고, 관광객이 많아도 그들의 삶의 리듬은 쉽게 흔들리지 않았다.

조금 덜 일해도 생계가 유지되고, 개인의 시간이 존중되는 사회 구조 덕분일 것이다. 무엇이든 '빨리빨리' 해결해야 직성이 풀리는 나라에서 온 나로서는 이들의 느린 속도가 한편으로는 부럽고, 한편으로는 낯설었다. 효율과 생산성보다 가치와 여백을 우선하는 태도야말로 흔히 말하는 선진국의 여유인가 싶어, 팬스레 질투 비슷한 감정이 들기도 했다.

오래전 길거리 인터뷰 콘텐츠를 만들며 알게 된 친구 '시연'을 만났다. 고등학교 3학년이었던 앳된 아이는 어느새 자신만의 세계를 가진 성인이 되어 있었다. 프랑스인과 한국인 사이에서 태어난 그녀는 두 나라의 언어와 문화를 자유롭게 넘나들며 살아가고 있었다. 로맨스의 도시라 불리는 파리에서, 나는 자연스럽게 연애와 사랑에 대해 묻고 싶어졌다.

물론 그녀의 생각이 프랑스 전체를 대표할 수는 없을 것이다. 하지만 적어도 이 사회를 이해하는 하나의 단서가 될 수는 있었다. 시연은 말했다. "돈이 많지만 삶에 의지가 없는 사람보다는 지금은 빚이 있어도 가능성과 방향성이 있는 사람이 더 좋아요." 그러고는 너무 당연한 이야기 아니냐며 웃었다.

프랑스에서는 평생 월세로 살며 아이를

키우는 부부도 흔하다고 한다. 아이를 많이 낳을수록 정부의 지원이 늘어나고, 그 덕분에 생계를 유지할 수 있는 구조가 어느 정도 갖춰지기 때문이다. 집의 소유 여부가 사랑의 진정성이나 결혼의 성패를 가르는 기준이 되지는 않는다.

한국에서는 오랫동안 결혼이 '인생의 완성' 혹은 '새로운 출발'로 여겨져 왔다. 값비싼 결혼식, 신혼여행, 자가 마련 여부는 여전히 중요한 조건이다. 반반 결혼이 보편화되었다고 말하지만, 주변을 둘러보면 관습은 여전히 단단하다. 월세로 신혼을 시작하자는 제안에 선뜻 고개를 끄덕일 사람이 과연 얼마나 될까. 남녀를 떠나, 한국 사회에서는 여전히 쉽지 않은 선택이다.

그러나 프랑스는 조금 다르다. 관광 산업을 통해 벌어들이는 막대한 수익과 높은 세율,

그리고 그에 상응하는 사회적 환원은 과거의 영광만큼은 아닐지라도 여전히 막강하다. 국민에게 돌아가는 혜택이 분명히 존재하고, 그 기반 위에서 사람들은 조금 덜 벌어도, 조금 덜 소유해도, 삶을 이어갈 수 있다는 확신을 갖는다.

파리를 여행하며 나는 깨달았다. 프랑스의 여유와 낭만은 아름다운 건축물이나 카페 테라스에서 비롯되는 것이 아니라, 삶의 우선순위를 분명히 정해놓은 태도에서 나온다는 것을. 일은 삶의 전부가 아니며, 시간은 반드시 최대한 효율적으로 써야 할 자원이 아니라는 믿음 말이다. 아름다운 파리의 경치를 눈에 담으며 프랑스인들이 지켜온 여유와 낭만을 다시 한 번 마음속에 새긴다. 그것은 특정한 국적이나 문화에만 허락된 특권이 아니었다.

여유와 낭만을 누리기 위해 반드시 프랑스에서 태어날 필요도, 프랑스인이 될 필요도 없다. 물론 이러한 삶의 태도는 자라난 환경의 요인이 크게 작용하기도 할 것이다. 다만, 내 삶의 속도를 스스로 선택하고, 삶을 앞에 두며, 하루의 작은 순간들을 소중히 여길 수 있는 태도면 충분하다. 결국 파리가 내게 가르쳐준 것은 도시의 아름다움이 아니라, 삶을 아끼고 사랑하는 방식이었는지도 모른다.

내 삶의 속도를 스스로 선택하고,
삶을 앞에 두며,
하루의 작은 순간들을
소중히 여길 수 있는 태도면
충분하다.

나만 하고 있었던 비교

지금까지 70여 개국을 여행했다. 이렇게 말하면 많은 사람들이 나를 자유로운 영혼이나 보헤미안처럼 상상하지만 사실 그렇지 않다. 나는 스스로를 '여행하는 사람'이라고 생각해본 적이 없다. 여행을 업으로 삼은 만큼, 나는 여행을 하는 사람이 아니라 여행을 보여주는 사람에 가깝다. 물론 재밌게 놀고 맛있는 음식을 먹는 엔터테인먼트적인 콘텐츠를 만들 수도 있지만, 그보다 오래 붙잡고 싶었던 건 여행지의 문화와 그 문화가 형성될 수밖에 없었던 역사와 배경이었다.

테마가 분명해서 그런지 연내 해외 체류 기간은 생각보다 길지 않고, 여행지에서도 촬영이 없을 때는 최대한 한국과 맞닿아 있으려 한다. 그러다 보니 자연스럽게 한식당, 한인 마트, 한인 미용실을 자주 찾게 되고 그곳에 거주하는 한국인들과 대화를 나누게 된다. 내가 늘 던지던 질문은 비슷했다. "한국이 가장 안전하고 편한데 왜 여기서 사세요? 뭐가 좋아서요?" 해외로 이주한 이유는 제각각이었지만, 그들이 만족하는 이유는 놀랍도록 닮아 있었다.

한국 특유의 남과 비교하고 자신을 검열하는 문화도 없고, 그냥 나로서 살 수 있어서요." 세계여행 유튜버를 시작한 2018년부터 8년 동안 같은 대답을 반복해서 듣다 보니 자연스럽게 다음 질문이 떠오른다. 어째서 한국은 이렇게 비교에 익숙한 사회가 되었을까? 1945년, 대한

민국은 해방과 동시에 전쟁을 겪으며 사실상 폐허 위에서 다시 출발했다. 자원도 없고, 땅은 좁았으며, 인구는 많았다. 가난에서 벗어날 수 있는 유일한 방법은 각자의 몸과 능력을 최대한 쥐어짜는 것뿐이었다.

그러한 환경에서 비교는 악덕이 아니라 어쩌면 생존에 가까운 능력이었을지도 모른다. 내가 얼마나 잘하느냐보다, 내 옆 사람보다 얼마나 더 잘하느냐가 중요했다. 기순에 들지 못하면 탈락했고, 1등만이 보상을 가져가는 구조 속에서 사회는 끊임없이 '우월한 사람'을 가려냈다. 수행 능력이 비슷하면 학벌을 보고, 학벌이 비슷하면 집안을 보고, 그마저 비슷하면 외모를 본다. 우리는 "잘하고 있다"라는 말보다 "남들보다 앞서 있다"라는 말을 더 많이 들으며 자랐다.

그래서인지 비교는 선택이 아니라 습관처럼 몸에 배어 있다. 사회가 정해놓은 기준에서 벗어나면 삶 전체가 실패한 것처럼 느껴졌고, 스스로를 믿지 못하게 됐다. '사촌이 땅을 사면 배가 아프다'는 말이 있다. 언어는 문화를 반영하고, 문화는 다시 언어를 만든다. 아주 가까운 존재조차 비교와 질투의 대상으로 삼을 수밖에 없었던 사회적 기억이 이 속담 안에 남아 있다. 이상하게도 연예인이 빌딩을 사고팔아 시세차익으로 몇백 억 원을 벌었다는 뉴스에는 별다른 감정이 들지 않는다. 나와는 다른 세계의 이야기처럼 느껴지기 때문이다.

그런데 아주 가까운 사람, 혹은 나와 비슷한 위치에 있다고 생각했던 친구가 연봉이 올랐다는 소식을 들으면 괜스레 마음 한쪽이 서늘해진다. 진심으로 축하해주면서도, 설명하기 어려운 불편함이 따라온다. 나는 이러한 감정이 개인의 성격이나 질투심의 문제가 아니라 시대가 만들어낸 감정의 구조라고 생각한다.

비교는 늘 위를 향하지 않는다. 나와 비슷하다고 믿었던 사람, 같은 선 위에 있다고 여겼던 사람을 기준으로 작동한다.

그래서 우리는 닿을 수 없다고 느끼는 부에는 무감각해지고, 닿을 수 있을 것 같았던 거리에서 가장 쉽게 흔들린다. 문제는 이 비교가 자기 자신에게만 작동하지 않는다는 데 있다. 나도 모르게 세상을 위아래로 나누고, 어떤 삶은 성공으로, 어떤 삶은 실패로 분류한다. 나 역시 대한민국에서 나고 자란 지극히 평범한 사회 구성원 중 한 사람이다. 그런 시선으로 아시아의 빈국이라 불리는 방글라데시를 마주했다.

코로나로 세상이 떠들썩해지기 시작하던 2020년 1월, 처음 방문한 후 6년 뒤인 2026년 1월 다시 찾은 다카에서 마주한 풍경은 여전히 같았다. 빈곤 혹은 가난, 고막이 터질 듯 울려 퍼지는 불규칙한 경적, 어디를 가든 코를 찌르는 악취, 수년째 전 세계 최상위권을 기록하는 대기오염, 거리에 가득한 구걸하는 사람들까지 방글라데시는 내 감각을 쉬게 두지 않았다. 낮에 열리는 길거리 시장으로 향하던 오토바이 뒷자리에서 나는 처음 보는 풍경 앞에 시선을 빼앗겼다.

기찻길을 따라 수산시장이 끝도 없이 펼쳐져 있었던 것이다. 급히 오토바이를 세우고, 홀린 듯 기찻길 쪽으로 걸어 들어갔다. 상인들은 분주히 고정해둔 칼날 위에서 생선을 손질하고 있었다. 대부분 가족 단위였고, 취학 연령의 아이들조차 학교에서 공부하는 대신 일을 하고 있었다. 아직 제대로 말도 하지 못할 것 같은 어린아이들도 눈에 띄었다. 그중 한 아이가 어머니로 보이는 어떤 여성의 손짓을 보고 내게 다가오더니, 세상에서 가장 무해한 웃음으로 반겼다. 나도 웃으며 인사를 건네고 자리를 뜨려는 순간, 아이의 어머니가 돈을 주지 않는다며 화를 냈다. 베트남과 캄보디아에서도 비슷한 경험을 여러 번 해봤기에 놀랍지는 않았다.

누군가는 이렇게 말할지도 모른다. "어떻게 자기 아이를 앵벌이 수단으로 쓸 수 있지?" "그게 엄마야?" 그럼에도 단면만 보고 쉽게 비난할 수 없었다. 어떤 조건과 환경에서 살아가느냐에 따라 옳고 그름의 기준이 얼마든지 달라질 수 있다는 걸 경험했기 때문이다. 불과 20년 전만 해도 한국의 버스 안에서 담배를 피우는 일이 일상이었고, 실내 흡연은 자연스러운 문화였다.

10년 전에는 상상조차 못 했던 군인들의 휴대전화 사용과 동기 생활관은 이제 당연한 풍경이 되었고, 교사의 체벌이나 회식 문화 역시 '그때는 맞고 지금은 틀린' 기준의 이동 속에 있다. 시간의 차이에도 이렇게 기준이 달라지는

데, 문화와 환경이 다른 사회라면 우리가 이해하지 못하는 장면이 얼마나 더 많을까. 한국에서 살아온 내 눈에는 불편한 삶일 수 있지만 어떤 곳에서는 지극히 평범한 삶일 수 있다. 기차가 하루에 수십 번씩 지나갈 때마다 상인들은 팔던 물건을 재빨리 기찻길 아래로 옮긴다. 엄청난 모래바람과 먼지가 생선 위로 쏟아져도 아랑곳하지 않는다. 기차가 지나가면 아무 일도 없었다는 듯 다시 물건을 제자리로 올려놓는다.

시장 끝자락에는 천막을 치고 사는 사람들도 많았다. 임대료 한 푼 내지 않아도 아무도 뭐라 하지 않는다고 했다. 방글라데시의 수도이자 경제 도시인 다카에서조차 빈곤층 비율은 40%에 달하고, 하루 지출이 0원에 가까운 날을 정기적으로 겪는 사람들도 20%에 이른다. 다음 날, 사우스 다카로 이동하기 위해 배를 타려다 유난히 큰 선박을 보았다. 알고 보니 선박을

개조해 만든 숙박 시설이었다. 머뭇거리고 있는데 그곳에 사는 입주민으로 보이는 아저씨가 손짓을 하며 말을 걸어왔다. 어느 나라에서 왔냐고 묻기에 한국에서 왔다고 답했다.

“한국? 오, 대단한 나라지! 나도 거기로 일하러 가고 싶었단다.” 내 손에 들린 카메라를 보았는지 자신이 사는 곳을 구경시켜주겠다며 따라오라고 했다. 그곳에서 하루 숙박 비용은 580원. 한국에서 껌 하나 사 먹기에도 애매한 금액이었다. 안으로 들어가보니 이불은 없었고, 바닥은 딱딱한 고철이었다. 그는 나를 선박 끝으로 데려가 강물을 길어 샤워하는 곳과 소변과 대변을 보는 공간도 보여주었다. 정화 시설 없이 대소변이 그대로 강으로 흘러 들어가는 구조였다. 공장 폐수로 인해 안이 전혀 보이지 않는 검은 물로 샤워를 하고 세수를 한다.

그 어떤 문화권에서도 가장 열악한 시설

중 하나일 것이다. 그러나 일그러져가는 내 마음과 달리 아저씨는 껄껄 웃으며 말했다. "밤에는 바람이 불어서 굉장히 시원해. 잠도 잘 와." 예전에는 이런 풍경을 마주할 때마다 마음이 아팠다. 열악한 환경에서 가난하게 살아가는 그들이 불행해 보였다. 하지만 지금은 그렇지 않다. 누군가에게는 선택의 결과일 수도 있고, 다른 누군가에게는 최선의 생존 전략일 수도 있다. 무엇보다 이 공동체 안에서는 결코 비정상적인 삶이 아니다. 이곳에 사는 사람들 대부분은 자신의 삶을 비참하다고 생각하지 않는다. 그들의 비교 대상은 외국에서 온 내가 아니라, 어제의 자기 자신일 테니까. 그렇다면 나는 왜 불편함을 느끼는 걸까. 어째서 이 풍경 앞에서 마음이 아플까.

내가 누리는 삶은 오직 나만의 노력뿐만 아니라 우연과 구조 위에 세워졌다는 사실을 알고 있기 때문이라는 결론을 냈다. 이 감정은 죄책감이라기보다는 나 자신을 향한 각성에 가까웠다. 가난은 지금 이 순간의 상태일 뿐, 인간의 존재나 존엄을 결정짓지는 않는다. 그리고 누구보다 그 사실을 가장 잘 알고 있는 사람은 아마도 그곳에 사는 사람들일 것이다. 그들은 나에게 자신들이 사는 곳을 보여주었다. 숨기지 않았고, 변명하지도 않았다. 만약 자기 삶을 비참하다고 느끼고 있었다면, 혹은 한국에서 온 나와 자기 삶을 비교하고 있었다면 들어와서 구경하라고 말하지 못했을 것이다.

그제야 이 세상은 성공한 삶과 실패한 삶으로 나뉘는 게 아니라, 그저 나와 다른 삶이 있을 뿐이라는 것을 안다. 그리고 내가 속하지 않은 곳에서는 그들의 삶이 아주 정상적이라는 것을. 거기서 비교하고 있는 사람은 오직 나 하나뿐이었다.

100일 만에 가족과 상봉하다

세계여행을 처음 시작하고 유럽의 체코에 다다랐다. 홀로 떠나는 세계여행이 마냥 낭만적일 수만은 없다. 자유가 주는 해방감만큼이나 가끔은 깊은 심연의 외로움도 마주하게 된다. 그런 고된 여정 속에서 체코에서 가족을 만날 기회가 생겼다. 대학교수인 매형이 학회 참석 차 누나와 함께 프라하에 온 것이다. 당시 나는 20명이 함께 생활하는 도미토리에서 지내고 있었고, 새벽 비행기로 도착한 터라 컨디션도 엉망이었다. 누나와 매형이 외출한 틈에 호텔 방에서 부족한 잠을 취할 수 있다는 사실만으로도 숨이 한결 깊어졌다.

체코는 굉장한 미식의 나라다. 돼지고기 로스트에 빵만두를 곁들여 먹는 국민 음식 '베프르조 크네들로 젤로'는 삼겹살과 김치를 떠올리게 했고, 돼지족발구이 '꼴레뇨'는 생각만 해도 군침이 돌 만큼 실패가 없는 메뉴다. 한국식 돈가스와 거의 같은 '리제크' 역시 남녀노소 누구나 좋아한다. 여기에 부드럽고 쓴맛이 적은 체코 맥주까지 더해지면 금상첨화다.

이토록 진미가 널린 체코에서 가장 맛있게 먹은 음식은 놀랍게도 누나가 한국에서 챙겨온 김치와 라면이었다. 내가 호텔 방에 들어오자마자 누나는 마치 어떤 의식을 치르듯 봉지를 꺼내 테이블 위에 올려두었다. "너 먹으라고 들고 왔어"라는 짧은 한마디에, 체코까지 날아온 시간보다 더 긴 100일을 단숨에 건너뛴 듯한 기분이 들었다. 여행은 늘 새로운 것을 먹고 보고 듣는 일이라지만, 그 순간 내가 삼킨 것은 낯선 도시의 공기가 아니라 친숙한 집의 냄새였다.

라면 물을 올리고 김치를 접시에 덜어 놓는 사이, 문득 '내가 어디에서 왔는지'가 너무도 선명해졌다. 세계 어디서든 마트에 가면 아시아 누들이 있고, 김치나 컵라면도 어렵지 않게 찾을 수 있다. 하지만 그날의 김치는 외국에서 구할 수 있는 한국 음식이 아니었다. 정확히 한국의 냄새를 품고 있었다. 칼칼하게 치고 올라오는 매운맛, 발효의 산미, 씹을수록 살아나는 젓갈의 감칠맛까지 혀는 기억을 가장 빨리 불러내는 기관이라는 말을 비로소 실감했다. 라면 한 젓가락, 김치 한 조각에 기대어 나는 고향을 추억하고 있었다.

체코에서 가족을 만난다는 소식은 반가우면서도 어딘가 머쓱했다. 여행을 떠나기 전만 해도 '혼자도 충분히 괜찮다'는 말을 너무 쉽게 했기 때문이다. 혼자 식사하고, 혼자 이동하고, 혼자 결정을 내리는 일이 나를 더 강하게 만들어 줄 거라 믿었다. 실제로 어느 정도는 그랬다. 낯선 도시에서 길을 잃고도 결국 끝까지 찾아 나가는 나, 예약이 꼬여도 웃으며 해결하는 나를 보며 스스로에게 조금씩 신뢰가 생겼다.

하지만 체코에서 누나와 매형을 만난 순간 깨달았다. 그동안 말해온 '혼자서노 괜찮다'는 말은 사실 '혼자여도 버틸 수 있다'는 뜻에 더 가까웠다는 것을. 괜찮다는 말과 버틴다는 말은 표면적으로는 비슷하지만 결이 다르다. 버틴다는 것은 어딘가에 늘 힘이 들어가 있다. 어깨를 세우고, 마음을 조여 매며, 스스로를 다독여 앞으로 나아간다. 반면 괜찮다는 것은 힘이 풀리는 상태다. 긴장이 내려앉고 숨이 길어진다. 두 사람의 얼굴을 보는 순간, 내 안에 조여 있던 매듭이 하나씩 느슨해지는 기분이 들었다.

그날 밤, 누나와 함께 프라하의 골목을 걸었다. 그러다 누나가 대뜸 물었다. "너 요즘 어때?" 별것 아닌 질문처럼 들리지만, 누나가 마음속으로 얼마나 고민했을지 알기에 잠시 대답을 망설였다. '요즘 어떠냐'는 질문은 결국 '정말 괜찮냐'는 질문이었다. 잘 먹고 있는지, 잠은 자고 있는지, 외롭지는 않은지 등 수많은 안부가 짧은 문장 안에 겹겹이 포개져 있었다.

나는 일부러 도미토리 이야기를 꺼냈다. 20명이 한 방에서 생활해야 하고, 새벽이 되어도 소음이 끊이질 않는다며 투정을 섞었다. 몸은 피곤한데 마음은 잠들지 못하는 밤들이 이어진다고 덧붙였다. 누나 앞에서는 괜히 이런 말이 더 쉽게 나왔다. 내 이야기를 다 듣고 나서 누나는 조용히 말했다. "그럴 수 있지. 그래도 잘하고 있네."

그 한마디가 이상하게 울컥했다. 누군가에게 잘하고 있다는 말을 들은 게 도대체 언제였던가. 특히 나를 아주 오래전부터 알고 있는 사람에게서라면 더욱. 여행을 하다 보면 가장 많이 말하게 되는 말 중 하나가 "한국에서 왔어요"다. 국적은 공항에서만 중요할 것 같지만, 실제로는 매일을 살아내는 일상에서도 계속해서 호명된다. 어느 나라 사람인지 묻고, 왜 혼자 여행하는지 묻고, 한국은 어떤 나라인지 묻는다. 그런 질문을 받을 때마다 나를 정의하는 대답을 하며 스스로를 정리하는 기분이 들곤 한다.

하지만 가족 앞에서는 굳이 나를 설명할 필요가 없다. 영어로 변환해서 다시 한번 필터링을 할 필요도 없다. 나를 규정하는 말을 꺼낼 필요도, 스스로를 증명할 필요도 없다. 낯선 사람들 앞에서는 "괜찮아요"라는 말이 자동으로 나오지만, 가족 앞에서는 "사실 좀 힘들었어"가 자연스럽게 흘러나온다. 여행을 하며 익혀온 참는 법, 버티는 법, 스스로를 관리하는 법은 여행 내내 나를 지탱해주었지만, 동시에 나를 조금씩 외롭게 만들기도 했다는 걸 그날 알았다.

다음 날, 다 함께 체코 음식을 먹으러 갔다. 전날에는 세상에서 가장 맛있던 김치와 라면이, 오늘은 체코의 전통 음식들과 함께 테이블에 올랐다. 접시 위에 나란히 놓인 두 나라의 음식이 자꾸만 마음에 남았다. 고향을 떠나 외국에서 오래 머무르면 '나'라는 정체성을 더 자주 떠올리게 된다. 대부분은 "나는 어디에서 왔고 어떤 사람인가?" 같은 거대한 질문을 떠올리지만, 내가 느끼는 정체성은 조금 달랐다.

정체성은 오히려 아주 작고 사적인 순간에 드러났다. 피곤할 때 나를 쉬게 해주는 말이 무엇인지, 낯선 도시에서 가장 먼저 떠오르는 냄새가 무엇인지, 마음이 무너질 때 나를 다시 일으키는 방식이 어떤 것인지 고민하다 보면 진짜 내가 보인다. 누나와 매형과 헤어져 다시 도미토리 숙소로 돌아가는 길에 깨달았다. 나는 한국에서 자란 사람이고, 그것은 단지 여권에 적힌 국적이 아니라 내가 사랑을 배우고, 사람을 대하고, 스스로를 다루는 방식까지 포함한 삶의 질감이라는 것을 말이다.

이제 다시 혼자가 되었다. 하지만 이상하게 외롭지는 않았다. 여행은 여전히 혼자였지만, '혼자'의 의미가 달라져 있었다. 두 사람이 내 여행의 한가운데에 잠시 들어왔다 나갔을 뿐인데, 그 잠깐의 순간이 여행의 균형을 바꾸어놓았다. 세계여행을 떠나기 전에는 더욱 독립적인 사람이 될 것이라 믿었지만, 실제로 나는 더욱 관계적인 사람이 되고 있었다. 매일같이 함께 있을 때는 잘 모르지만 멀어지고 나서야 비로소 선명해지는 가족의 소중함처럼, 체코에서의 가족 상봉은 내가 어떤 사람인지 묻는 질문에 대한 대답을 새로 써 내려가게 했다.

　　도미토리 침대에 가만히 눕자, 나 홀로 깨어 있는 것 같았다. 사람들이 뒤척이는 소리가 끊임없이 들려왔고, 그 안에서 나는 철저히 혼자였다. 그런데 마음 어딘가에서 누군가가 속삭이는 듯했다. 나는 혼자여도 괜찮지만, 결코 혼자서만 살아온 사람은 아니라고. 내 몸과 마음은 이미 누군가의 사랑을 기억하고 있다고. 그 사실을 떠올리는 순간, 여행은 다시 낭만이 되었다.

정체성은 오히려
아주 작고 사적인 순간에 드러났다.
마음이 무너질 때
나를 다시 일으키는 방식이
어떤 것인지 고민하다 보면
진짜 내가 보인다.

다정함이 이긴다

학력이나 학벌, 연고 따위와 관계없이 본인의 능력만을 기준으로 평가하려는 태도를 '능력주의'라고 한다. 실제로 실력이 있는 사람이 인정받는 사회는 건강하다. 한국은 유독 유행에 민감하다. 어제 줄 서서 먹던 음식의 유행이 한 달 뒤면 잠잠해지고, 두 시간씩 기다리며 오픈런을 하던 가게도 어느 날 갑자기 텅 비어 있는 경우가 많다. 하물며 콘텐츠는 더 심하다. 10년 가까이 유튜브 채널을 운영하면서 혜성처럼 떠올랐다가 빠르게 사라지는 사람들을 수없이 봐왔다. 사람들은 새로움에 끌리고, 금방 익숙해지고, 금방 지루해한다. 그런 흐름 속에서 나 역시 불안해졌다. '계속 바뀌지 않으면 도태되는 거 아닐까?' '이 판에서 오래 남으려면 뭔가 또 다른 것을 보여줘야 하지 않을까?'

끊임없이 변화를 고민했다. 2021년, '갱스터 시리즈'로 큰 주목을 받았다. 사람들이 무서워하고 피하는 곳을 카메라 하나만 들고 찾아가 이야기를 나눴다. 조회수는 치솟았고, 반응도 뜨거웠다. 하지만 나는 그다음이 더 궁금했다. 자극적인 이야기가 아닌, 내면의 시간을 견딘 사람들의 이야기는 무엇일까. 그래서 '해외에서 성공한 한국인 시리즈'를 기획했다. 한국이라는 치열한 경쟁 구조를 벗어나 다른 환경에서 성공한 한국인들은 어떻게 그 자리에 올라갔는지 알고 싶었다.

결국 능력이 전부인가? 도대체 무엇이 사

람을 끝까지 버티게 만드는가? 간호사, 변호사, 타투이스트, 요식업 사장, 하버드 박사 등 많은 사람들을 만났다. 그들의 이력은 화려했고 그들의 스토리는 대단했다. 하지만 촬영을 끝내고 카메라가 꺼진 뒤까지 남는 장면은 스펙이 아니었다. 한 사람은 유타에서 푸드트럭으로 요식업을 시작했다. 백인이 대부분인 도시에서 노량진 길거리 음식을 만들었다. 한식은커녕 동양인조차 낯선 곳에서 어떻게 매장을 50개나 냈는지, 어떻게 코스트코와 계약했는지, 어떻게 인재를 영입했는지 궁금했다.

그런데 그가 들려준 이야기는 전혀 다른 곳에 있었다. 공동 창업자에게 배신당하고 회사를 떠나야 했던 순간에도 그 사람의 집 앞에 크리스마스 선물을 두고 왔다고 했다. 그 말을 듣고 펄쩍 뛰던 나에게 그는 "그 집 아이들이 우리 애들 친구들이야"라고 말했다. 도저히 이해가 되지 않았다. 굳이 다시 챙겨줄 필요가 없다고 하니 그는 "그냥 내 마음이 그래"라고 답했다. 그때는 너무나 답답했다. 세상은 그렇게 만만하지 않다고 생각했다.

그런데 5년째 유타컵밥의 성장을 직접 지켜보면서 비로소 진정한 의미를 알게 되었다. 7년을 지켜본 코스트코 매니저가 그의 태도를 기억하고 유타컵밥의 쿠폰을 메인 매대에 놓는 큰 기회를 준 사건, 골드만삭스와 시타델에서 높은 연봉을 받던 사람이 안정된 자리를 마다하고 "저 사람이라면 함께하고 싶다"며 유타컵밥에 합류한 사건 등 드라마 같은 일들이 계속해서 펼쳐지는 모습을 목도했다. 그는 속도가 빠른 사람이 아니었다. 오히려 느린 편에 속했다. 그리고 자기 능력을 과시하지도 않았다. 그것이 때로는 답답해 보이기도 했다. 하지만 그는 늘 다정했다. 실수한 사람을 공개적으로 몰아세우지 않았고, 문제가 생기면 해결책보다 먼저 사람의 표정을 살폈다.

내가 해외에서 확인하고 싶었던 성공의 공식은 능력이 아니었다. 능력은 순간을 만들지만 태도는 시간을 만든다. 능력은 사람을 모이게 할 수 있지만 태도는 사람을 떠나지 않게 한다. 그리고 기회는 늘 사람을 통해 돌아온다.

군대 훈련소에서 만난 한 친구도 그랬다. 늘 사람을 너무 쉽게 믿고 뭐든 내어주는 그에게 잔소리를 늘어놓았다. 왜 손해를 보면서까지 그렇게 하냐는 내 말에도 그저 웃으며 넘길 뿐이었다. 손해를 보면서도 사람을 챙겼고, 배신을 당해도 먼저 화해를 시도했다. 지금 그는 LA에서 다섯 개의 매장을 운영하고 있다. 떠난 사람도 있었지만 끝까지 남은 사람들은 그의 태도를 기억하고 있다. 나는 크게 성공하고 싶을 때마다 그들을 떠올린다. 그동안 만나온 사람들 중 능력만 있는 사람은 많았다. 하지만 그렇게 다정한 사람은 드물었다.

세상은 능력으로 돌아가는 것처럼 보인다. 하지만 시간이 지나면 이기는 사람보다 남는 사람이 중요해진다. 시간은 결국 사람을 통해 쌓인다. 다정함은 전략이 아니다. 다만, 오래가는 힘이다. 나는 그 힘을 믿어보기로 했다. 세상이 빠르게 변해도 사람은 결국 사람을 기억하니까.

행복할 줄 아는 사람만이
행복해진다

나는 행복도 노하우라고 믿는다. 예전의 나에게 행복은 늘 어렵고 막연한 개념이었다. 눈에 보이지도 손에 잡히지도 않으니 실체가 없는 것처럼 느껴졌고, 그 모호함이 오히려 나를 더 깊은 고민 속으로 밀어 넣었다. 사람마다 정의가 다르다는 사실은 행복을 더 복잡하게 만들었다. 사전에서 말하는 행복의 의미는 이렇다. "생활에서 충분한 만족과 기쁨을 느끼어 흐뭇함. 또한 그러한 상태."

나는 평소 '행복하다'는 말을 아끼는 편이
다. 말로 꺼내는 순간, 그것에 집착하게 될까 두
렵기 때문이다. 지금도 여전히 행복을 단 하나
의 기준으로 정의하기는 어렵다. 다만 한 가지
는 분명히 알게 되었다. 행복할 줄 아는 사람이
결국 행복해진다는 사실이다.

충분한 만족과 기쁨을 느낄 줄 모른다면,
어떤 조건 속에서도 행복하기 어렵다. 백만장
사라도 예외는 아니다. 여행을 하며 최빈국에
서 살아가는 사람들을 만났고, 사회적으로 성
공했다고 평가받는 부유층도 만났다. 그때의
경험을 통해 확신하게 된 것은 돈이 결코 행복
의 절대적인 잣대는 아니라는 점이었다. 작은
것에 감사할 줄 알고, 자신을 있는 그대로 받아
들이는 사람은 가진 것이 많지 않아도 평온해
보였다. 반대로 아무리 많이 가져도 더 가지지
못한 것에만 시선을 두는 사람의 얼굴에는 불

안과 결핍이 고스란히 드러났다.

　나는 관계에서 오는 안정과 유대감에서 큰 행복을 느낀다. 가족, 친구, 사랑하는 사람들과 단단히 연결되어 있다고 느낄 때 그렇다. 그들에게서 인정받고 사랑받을 때, 나라는 사람이 조금씩 더 확장되는 느낌을 받는다. 주변 사람들을 진심으로 아끼고 사랑하기 위해서는 무엇보다 나 자신을 먼저 존중해야 한다. 스스로를 신뢰하고, 도덕적인 선택을 하려 노력할수록 내가 닮고 싶은 인간상에 가까운 사람들과 자연스럽게 연결될 수 있었다.

　어릴 때는 그저 공부를 잘하고 돈을 많이 벌면 성공하고, 그 성공이 곧 행복으로 이어질 것이라 믿었다. 성공의 기준이 명확하게 정해진 사회에서 자랐기 때문이다. 출제자의 의도에 맞는 답만 고르면 되는 세계였다. 대부분의 청소년은 '대학'이라는 하나의 목표를 향해 오랜 시간을 바친다. 그 과정에서 개인의 성향이나 취향은 크게 고려되지 않는다. 나 역시 크게 다르지 않았다. 아버지가 은행원이셨기에, 인서울의 경영학과에 진학해 은행원이 되는 것이 좋은 길이라는 이야기를 들으며 자랐다. 그 말에 따라 나는 경영학과에 갔지만, 결국 은행원이 되지는 않았다. 만약 그 시절에 유튜버가 되고 싶다고 말했다면, 응원보다는 비난이 먼저 돌아왔을 가능성이 컸을 것이나.

외국에 나가 보니 많은 사람들이 자기만의 길을 찾아 도전하고 있었다. 인사이트나 동기 부여를 위해 무조건 해외로 나가야 한다고 말하고 싶지는 않다. 다만 더 크고 넓은 세상을 마주할수록, 시야가 확장되는 것은 분명했다. 세계를 여행하며 나는 깨달았다. 어릴 때부터 배워온 방식을 따르지 않아도 실패하지 않을 수 있으며, 내가 정의한 나만의 성공을 이루면서 충분히 잘 살아갈 수 있다는 사실을.

　행복한 삶에는 반드시 좋은 학벌이 필요하지도, 서울에 자가 아파트가 있어야만 하지도 않았다. 비싸고 좋은 물건을 소유하지 않아도 행복할 수 있었다. 물론 나 역시 값비싼 외제차를 몰고 다니는 지인을 보며 부러움을 느낀 적이 있고, 강남 한복판의 아파트를 바라보며 내 것이 되기를 바란 적도 있다. 하지만 그것이 내가 궁극적으로 추구하는 행복은 아니라는 사실을 알기에, 물질에 지나친 가치를 두지 않으려 애쓰고 있다. 세상에는 내가 상상하는 것보다 훨씬 다양한 삶의 방식이 존재하며, 각자의 방식으로 행복을 만들어가는 사람들이 있다는 사실을 나는 계속해서 스스로에게 상기시킨다.

　돈은 가족 간에도 문제를 일으킨다. 돈은 스트레스를 가져온다. 돈이 많을수록 좋다지만, 그만큼 스트레스도 커진다. 그렇다면 어느 정도가 충분할까? 평범한 돈으로도 좋은 삶을 살 수 있다면 평범한 돈이 도대체 뭘까? 조건으로부터 오는 행복은 순간이다. 지금은 행복한데 내일은 아닐 수도 있기 때문이다. 물론 돈이 있으면 편하다. 삶을 더 쉽게 만들어줄 수는 있지만 행복까지 보장해주지는 않는다.

유튜브를 시작하면서 100만 구독자를 보유하고 싶다는 목표이자 꿈을 키웠다. 돈도 더 많이 벌고 업계에서 인정받을 수 있는 상징적인 100만 구독자 채널. 하지만 구독자가 많아지고 '희철리즘'이 널리 알려지면서 예전과 같은 행동도 더 많은 책임과 비난을 불러일으켰다. 사소한 실수가 협박으로 이어지면서 불행과 절망을 느끼기도 했다. 그제야 돈을 많이 번다는 것이 자존심을 지켜줄 수는 있어도 반드시 행복을 가져다주지는 않는다는 사실을 알게 됐다.

돈을 많이 벌면 행복할 것이라는 믿음은 행복을 한 번 얻으면 쭉 행복할 것이라는 전제가 깔려 있는 것 같다. 주변에서 소위 부자라고 여겨지는 사람을 본 적이 있을 것이다. 내가 보기에는 분명 엄청난 부자인데, 정작 그들은 자신을 부자라고 여기지 않는 경우가 많다. 나는 10년 넘게 가깝게 지내는 형님이 자산을 불리는 과정을 지켜봐왔다. 10억에서 100억, 그리고 지금은 200억까지 불어났다. 10억이 있을 때는 100억까지만 가면 소원이 없겠다고 하셨지만, 이제는 "300억은 있어야 부자라는 생각이 드네"라고 하신다.

사람은 돈을 포함한 모든 것에 적응을 하기 마련이다. 아름다운 외모를 가진 사람, 학벌이 좋은 사람, 집안이 좋은 사람, 모두가 부러워할 만한 배우자를 가진 사람 모두 마찬가지다. 행복을 순간에 느끼는 감정임을 인정하지 않고

영원히 지속되기를 바란다면 행복을 좇는 불행한 사람이 되고 만다. 내게 행복은 '관계'다. 관계가 전부라는 생각이 든다. 돈이 넘쳐나는 사람도 외로움과 허무를 느끼고, 돈이 부족한 사람도 화목한 가정과 인간관계에서 행복을 느끼는 모습을 수없이 봐왔다. 그래서 나는 관계를 위해 돈을 번다. 당연히 같은 일을 하면서 더 많은 돈을 벌고 싶지만, 그런 시간들이 관계에서 느끼는 순간들을 뺏는다면 주저없이 일을 위한 시간을 포기할 것이다.

행복에도 전략이 필요하다. 행복해지고 싶다면, 행복해지는 방법을 진지하게 고민해야 한다. 다짐하고, 사유하고, 꾸준히 연습하며 훈련해야 한다. 내가 관계에서 행복을 찾았듯이 타인이 아닌 나를 기준으로 한 가치관을 세우고, 그것을 단단하게 다듬어 가야 한다. 마치 보석을 연마하듯이 말이다. 제대로 알면 달라질

수 있다. 행복은 배워서 익히고 선택해서 쌓아

가는 능력이다. 그리고 그 능력을 기르기 위해

끊임없이 훈련하는 사람만이 비로소 자기만의

행복에 닿을 수 있다.

행복할 줄 아는 사람이
결국 행복해진다.
충분한 만족과 기쁨을
느낄 줄 모른다면,
어떤 조건 속에서도
행복하기 어렵다.

3장

3장

우연히 마주한 문,
다시 시작되는 길

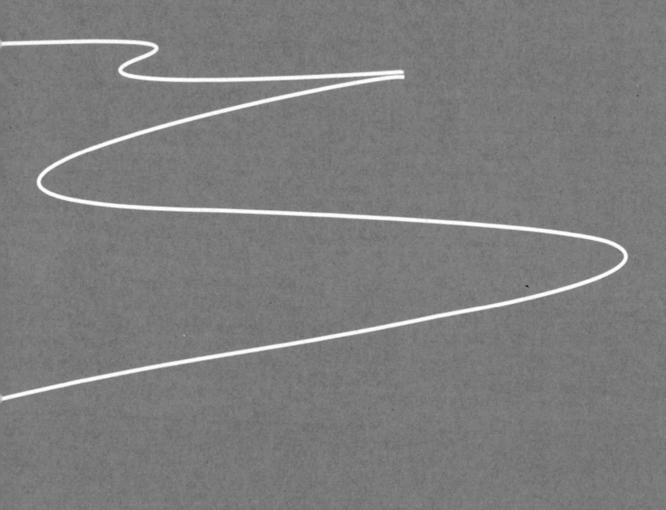

우연이 가져다준 하루

미국에서도 뉴욕을 참 좋아한다. 매력적인 사람들과 도시 선체를 관통하는 에너지, 지금 살아 있다는 감각, 깨어 있다는 느낌까지. 뉴욕을 여행하다 보면 아직 내게 많은 기회가 남아 있고, 가능성으로 충만하다는 기분이 든다. 이 도시는 늘 나를 자극한다. 아무것도 하지 않아도 무언가를 해야 할 것 같고, 가만히 서 있기만 해도 다시 움직여야 할 것 같은 충동이 생긴다.

하지만 근사한 외관과 달리, 막상 뉴욕에 발을 들이는 순간부터 엄청난 물가에 놀라게 된다. 단순히 '헉' 하고 놀라는 수준이 아니라, '내가 들은 금액이 맞나?' 싶어 영수증을 다시 확인하게 된다. 베이글 하나를 주문해도 1, 2년 전과 비교했을 때 약 1만 원 차이가 난다. 일반 프랜차이즈의 가장 기본 메뉴인 아메리카노만 시켜도 7천 원이 훌쩍 넘는다. 이 도시는 언제나 매력적인 동시에 잔인하리만치 가차 없다. 꿈을 꾸게 만들지만, 동시에 현실을 직시하게 한다.

멕시코에서 뉴욕으로 넘어오는 여행 일정 도중 하필 독감에 제대로 걸린 때가 있었다. 평소 운동을 꾸준히 하고, 체력에도 자신이 있는 편이라 웬만해서는 감기에 잘 걸리지 않는다. 하지만 멕시코에서 고산병을 겪으며 체력이 크게 약해진 상태에서 장거리 이동을 감행한 것이 화근이었다. 결국 몸은 버텨내지 못했다. 열이 42도까지 오르자 눈앞이 캄캄해지기 시작했

다. 몸의 경계가 흐려지고, 내가 어디에 있는지
조차 순간순간 잊혔다. 이미 병원에도 다녀왔
지만, 큰 차도는 없었다.

컨디션은 계속해서 떨어지는데 하필 다음
날 중요한 약속이 잡혀 있었다. 홀로코스트 당
시 미국으로 도망쳐 살아가게 된 하시딕 유대
인(Hasidic Jews) 커뮤니티를 방문하기로 한 날
이었다. 외부인과의 접촉을 극도로 경계하고,
오직 성경의 가르침과 자신들만의 율법을 지키
며 살아가는 이들은 언론에서도 취재가 쉽지
않은 집단이다. 워낙 폐쇄적이고 보수적이기
때문에 촬영 협조를 구하는 것부터 조심스러울
수밖에 없었다. 벤스 미국 부통령의 연설이 있
는 행사도 동행하기로 한 터였다.

그만큼 어렵게 만든 자리였다. 몸이 부서
지는 한이 있어도 반드시 가야 했다. 단순한 여
행이었다면 취소해도 그만이었겠지만, 내게는

일이었고 직업이었다. 책임감이 나를 침대에서 끌어냈다. 아무리 약을 털어 넣어도 오한은 가시질 않았다. 끙끙 앓으며 밤을 보내고 겨우 아침을 맞았다. 얼굴은 창백했고, 고열로 정신이 멍해졌다. 영상을 찍는다고 해도 제대로 된 결과물이 나올지 확신할 수 없었다. 그럼에도 불구하고 업로드를 못 할지언정 일단 인터뷰만은 하기로 결심했다. 남아 있는 진통제를 먹고 숙소 문을 나섰다.

따사로운 햇살 아래서 하시딕 전통 모자를 쓴 유대인을 만났다. 함께 식사를 하며 궁금했던 질문들을 조심스럽게 꺼냈다. 가장 먼저, 우리가 흔히 가지고 있는 하시딕 유대인에 대한 선입견에 대해 물었다. 일을 하지 않고, 인터넷도 사용하지 않으며, 과거에 갇혀 세상과 단절된 채 살아간다는 인식이 사실인지 묻자 그는 잠시 웃더니 차분하게 대답했다.

자신도, 아내도 일을 하고 있으며, 그가 아는 모든 하시딕 유대인들은 각자의 방식으로 생업을 이어가고 있다고 했다. 내가 그와 왓츠앱으로 연락한 것처럼, 인터넷 역시 필요에 따라 사용한다고 덧붙였다. 그는 사람들이 잘 알지 못하는 대상에 대해 너무 쉽게 일반화하는 것 같다고, 그래서 이 인터뷰에 응했다고 말했다. 조금이라도 오해를 바로잡고 싶었다는 이유였다.

브루클린에 살고 있는 하시딕 유대인들의 상당수는 홀로코스트 생존자의 후손이다. 그들에게 과거는 끝난 이야기가 아니다. 어제까지 웃으며 인사를 나누던 이웃이, 다음 날 그들의 부모를 나치에 넘겼던 기억은 세대를 건너 지금까지 이어진다. 그의 이야기를 들으며, 이들의 폐쇄성이 단순한 고집이나 배타성이 아니라 자기 보호의 방식일지도 모른다는 생각이 들었다. 아직 치유되지 않은 상처가 그들을 둘러싸고 있었다.

　거리에서 여성과 아이들과도 대화를 나누고 싶었지만, 대부분 응답하지 않았다. 아이들은 내 인사에 수줍게 웃기만 한 채 뒤로 물러섰다. 미국은 스몰토크의 나라다. 눈만 마주쳐도 웃으며 인사를 건네는 문화에 익숙해 있던 내게 이곳의 분위기는 낯설었다. "이곳은 도무지 미국 같지가 않다"라고 말하자, 가이드를 해주던 유대인 친구는 웃으며 이렇게 말했다. "여기도 미국이야. 네가 알던 미국과 조금 다를 뿐이지."

　카메라를 들고 다니는 동양인 남성인 내가 그들 눈에는 충분히 낯설었을 것이다. 이해는 했지만, 어딘가 받아들여지지 못하는 이방인이 된 기분이 들었다. 너무 폐쇄적인 게 아니냐고 묻자 그는 흔쾌히 맞다고 고개를 끄덕였다. 하지만 그것이 반드시 나쁜 것은 아니라고 했다. 그리고 내 마음에 오래 남을 말을 덧붙였다. "중요한 건 폐쇄적으로 보이는 것들이 사실은 다른 방향으로 열려 있다는 거야. 하나의 이념에 집중한다는 건 순수함과 가치 있는 생산성에 열려 있다는 뜻이기도 해."

여성들의 이야기도 듣고 싶었다. 기혼 여성은 머리카락 한 올도 드러낼 수 없는 사회에서 살아가는 여성들은 어떤 생각을 하고 있을까. 다행히 사업체를 운영하는 하시딕 유대인 여성을 만날 수 있었다. 여성으로서 억압받고 차별받는다는 시선에 대해 어떻게 생각하느냐고 묻자, 그녀는 그런 질문을 아직도 받아야 한다는 것이 믿기지 않는다고 했다. 자신은 여성이지만 사업을 운영하고 있고, 여성이라는 이유로 할 수 없는 일은 단 하나도 없다고 말했다.

기혼 여성이 가발을 쓰는 것 역시 선택이

라고 했다. 성경의 가르침을 따르기 위한 선택
이며, 그것이 자신에게는 아름답다고 느껴진다
고 말했다. 하시딕 커뮤니티를 떠나 자유를 찾
았다는 넷플릭스 다큐멘터리 속 여성의 이야기
를 전하자, 모든 유대인이 하나의 선택만을 강
요받는 것은 아니라며 그녀의 선택 또한 존중
한다고 답했다. 각자가 자신만의 아름다움을
찾아가는 것이 중요하다는 것이다.

인터뷰를 마치고 숙소로 돌아오는 길, 온
몸에는 힘이 하나도 남아 있지 않았다. 어떻게
하루 종일 카메라를 들고 따라다녔는지 스스로
도 알 수 없을 정도였다. 몸은 축 늘어졌지만 정
신만큼은 이상하리만큼 또렷해졌다.

편집을 하면서도 재미가 없었다. 컨디션이
너무 나빴던 탓인지, 평소와 같은 에너지가 충
분히 담긴 것 같지 않아서 결과물이 마음에 들
지 않았다. 반응도 없을 것 같았다. 결국 편집을

마치고도 업로드하지 않은 채 영상은 1년 넘게 묵혀졌다. 그러다 어느 날, 아무 생각 없이 그 영상을 다시 보게 됐다. 그런데 이게 웬걸, 생각보다 훨씬 재미있었다. 완벽하지 않은 표정, 힘에 부친 말투, 흔들리는 호흡까지도 오히려 진짜 같았다. 그제야 깨달았다. 그날의 나는 최상의 상태가 아니었기에 오히려 덜 꾸미고 덜 계산할 수 있었던 건 아닐까.

큰 반응이 없더라도 영상을 업로드하기로 했다. 그런데 예상과 달리 높은 조회수와 따뜻한 반응이 이어졌다. 지금은 내가 가장 아끼는 영상 중 하나가 되었다. 아픈 몸을 이끌고 만든 영상이었고, 스스로 가치 없다고 판단해 오랫동안 방치했던 기록이었다. 하지만 시간이 흐른 뒤 우연히 다시 마주한 그 영상은 인생의 중요한 키포인트가 되었다.

그들이 세상의 속도에 휩쓸리지 않고 자신

들만의 '아름다움'을 선택하며 살아가듯, 나 역시 인생에서 중요한 점은 속도가 아닌 방향이라는 것을 되뇌며 살아가고 있다. 뉴욕의 고열 속에서 이방인이 되어 헤맸던 그 하루는, 사실 내 안의 불필요한 욕심들을 태워버리는 정화의 시간이었다. 낯선 이의 가발이 그에게는 숭고한 선택이었듯, 1년 뒤에야 빛을 본 나의 초라한 영상은 나에게 가장 정직한 기록이 되었다.

어쩌면 삶이란 하시딕 유대인들이 수천 년간 지켜온 율법처럼, 나만의 단단한 중심을 지키며 묵묵히 걸어가는 과정일지도 모른다. 그길 위에서 만나는 고열과 오해, 뜻밖의 인연은 결코 불청객이 아니었다. 그들이 폐쇄적인 삶속에서 오히려 본질적인 가치에 눈을 떴듯, 나또한 최악이라 믿었던 그날의 흐릿한 시선 속에서 인생의 가장 선명한 진실을 발견했다. 이제는 계획되지 않은 우연 앞에 기꺼이 몸을 맡

겨보려 한다. 빈틈없이 짜인 설계도보다, 때로
는 예기치 못한 떨림이 우리를 더 깊은 본질로
안내한다는 것을 믿기 때문이다.

빈틈없이 짜인 설계도보다,
때로는 예기치 못한 떨림이
우리를 더 깊은 본질로 안내한다.

빈틈없이 짜인 설계도보다,
때로는 예기치 못한 떨림이
우리를 더 깊은 본질로 안내한다.

함께 살아가기 위해서

캐나다는 오랜 시간 동안 '세계에서 가장 살기 좋은 나라'로 불러왔다. 20여 년 전만 해도 한국에서 캐나다는 선망의 대상이었다. 깨끗한 자연, 안정적인 복지, 여유로운 삶까지 많은 이들이 이민을 꿈꾸며 캐나다를 떠올렸다. 그러나 지금의 캐나다는 더 이상 과거의 이미지에만 머물러 있지 않다. 오히려 현지에서는 '몰락의 나라'라는 말까지 들려온다. 이 표현은 내가 만들어낸 자극적인 문장이 아니라, 실제 뉴스를 통해 들은 것이다.

그는 단호한 목소리로 "Canada is broken(캐나다는 무너졌습니다)"라고 말했다. 그리고 한참 동안 현재 캐나다가 안고 있는 구조적 문제를 집요하게 파고들었다. 핵심은 이민 정책이었다. 노동력 부족과 고령화, 그리고 경제 성장을 해결하기 위해 선택한 대규모 이민 정책이 결과적으로는 주거비 폭등, 치안 악화, 대중교통 과부하라는 부작용을 낳았다는 주장이었다. 렌트비와 집값은 감당할 수 없을 만큼 치솟았고, 급격히 늘어난 저임금 노동력은 임금 상승을 막아 기존 서민층의 삶을 더욱 팍팍하게 만들었다. 그 불만은 이제 사회 곳곳에서 분출되고 있다.

하지만 밴쿠버의 변화를 단순히 '이민자의 탓'으로만 돌리는 것은 지나치게 단순한 해석이다. 이 도시를 이야기할 때 빼놓을 수 없는 또 하나의 현실이 있다. 바로 약물 중독 문제다. 밴

쿠버는 현재 세계에서 가장 큰 오픈 드럭 유즈 마켓(open drug use market) 중 하나로 불린다. 거리에서는 펜타닐이나 트랭크와 같은 치명적인 약물이 비교적 쉽게 거래되고, 정부는 확산을 막고 위험을 줄이기 위한 '관리 공급'이라는 명목 아래 일정 수준의 마약을 합법적으로 제공하고 있다. 의도는 보호 조치에 가깝다지만, 그 결과는 참혹하다. 중독자들은 줄지 않았고, 거리에는 삶의 가장 취약한 단면이 그대로 노출되고 있다.

캐나다에 대한 기대와 환상을 품은 나에게 이 풍경은 낯설고 충격적이었다. 과장을 조금 보태서 벤쿠버에 거주하는 사람들 중 절반이 인도인이라는 이야기를 들었는데, 실제로 유명 프랜차이즈 식당에 들어가 보아도 손님 대부분이 인도인으로 보였다. 도시 곳곳에는 노숙자들이 자리를 잡고 있었고, 거리의 공기는 내가 상상해왔던 캐나다와는 사뭇 달랐다. 이상과 현실의 간극은 생각보다 컸다.

캐나다 사람들 역시 이민 정책의 부작용을 인지하고 있다. 그래서 지금은 무조건적인 개방을 철회하고, 정책 개선을 요구하는 목소리가 커지고 있다. 그렇다면 국경을 닫고 이민을 전면 금지하는 것만이 유일한 해결책일까? 이보다 더 안타까운 것은 탈세계화의 흐름 속에서 사람과 사람 사이의 신뢰가 빠르게 무너지고 있다는 점이다. 이웃과 눈을 마주치며 인사하던 사회는 점점 사라지고, 우리는 위험으로부터 자신을 지키기 위해 서로를 외면하는 법을 먼저 배운다.

아무 일도 없는 것처럼 눈을 감고 귀를 막으면 당장은 편할지도 모르겠다. 하지만 그렇게 외면하는 동안 우리는 점점 철저한 개인으로 고립된다. 공동체의 연결은 느슨해지고, 사

회는 파편화된다. 그 균열은 언젠가 더 큰 불안
으로 되돌아올 것이다.

그럼에도 불구하고 캐나다는 여전히 막강
한 잠재력을 지닌 나라다. 석유와 천연가스를
비롯한 에너지 자원, 광대한 산림과 풍부한 수
자원, 안정적인 농업 기반까지 갖춘 세계 최고
수준의 자원 국가다. 자전거를 타고 벤쿠버의
곳곳을 달리며 마주했던 바다와 숲, 도시와 자
연이 공존하는 풍경은 지금도 선명한 기억으로
남아 있다. 그래서 현재 캐나다가 마주한 현실
이 더욱 안타깝다. 그리고 이 문제는 비단 캐나
다만의 이야기가 아니다. 미국에서도, 프랑스에
서도 비슷한 장면을 목격했고, 분노한 시민들
의 목소리를 들었다.

여행하면서 영상을 찍을 때 늘 다각도로
이해하려 노력한다. 한 나라의 좋은 점만을 소
비하지 않기 위해서다. 여행 전에는 그 나라

의 역사와 사회적 맥락을 공부하고, 현지인들을 만나 직접 이야기를 듣는다. 맛있는 음식과 아름다운 풍경을 담는 여행도 의미 있지만, 내가 사람들에게 진정으로 공유하고 싶은 것은 한 도시가 품고 있는 복합적인 얼굴이기 때문이다.

그래서 때로는 비관적인 시선이 담길 수밖에 없다. 환상에 가까운 무조건적인 긍정은 의도적으로 배제한다. 그 과정에서 누군가는 자신의 나라가 비난받고 있다고 느낄지도 모른다. 실제로 그런 반응도 적지 않았다. 희철리즘을 오래 봐온 구독자들은 내 의도를 이해해주지만, 일부는 단편적인 영상만으로 나를 판단하는 사람들도 존재한다. 그로 인해 날 선 악플과 과도한 비난이 따라오기도 한다.

유튜브를 막 시작하던 시절에는 무분별한 악플이 깊은 상처로 남았다. 얼굴과 목소리가 그대로 노출되는 플랫폼에서 외적인 모습을 이유로 한 악플이나, 어떤 근거도 없이 오랜 시간 공들여 만든 영상에 대한 비난을 마주하는 일은 쉽지 않았다. 하지만 이제는 안다. 개인의 경험을 바탕으로 만들어지는 영상은 완벽히 중립적일 수 없으며, 모든 사람을 만족시키는 것은 불가능하다는 사실을.

지금도 악플은 여전히 마음이 아프지만 그럼에도 훨씬 더 많은 구독자들이 나를 응원하고, 함께 고민해주고 있음을 느낀다. 부모님과, 혹은 아이와 함께 영상을 본다고 말해줄 때마다 또다시 힘을 얻는다. 그래서 오늘도 조심스럽게 카메라를 든다. 현실의 균열을 가감 없이 비추는 일이 당장은 아프고 불편할지 몰라도, 우리가 파편화된 개인으로 고립되지 않고 다시 서로의 손을 잡게 만드는 작지만 단단한 연결고리가 되어줄 것이라 믿기 때문이다. 나아

가 외면하지 않고 마주한 날 것의 기록들이 모
여 결국 서로를 오해하지 않고 이해하며 살아
갈 '진짜 공존'의 토양이 되어 줄 테니 말이다.

일상의 신성함을 믿다

우즈베키스탄은 희한한 나라다. 우리에게
는 아직 낯선 나라이지만, 막상 그 땅에 발을 디
디면 이질감보다 기시감이 먼저 찾아온다. 거
리 한켠에서 유창한 한국어가 들려오고, 한국
에서 일했었다는 고백이 인사처럼 오간다. 한
국에 대한 감정도 대체로 따뜻하다. 코리안드
림을 좇아 한국으로 건너가 일했고, 그곳에서
보낸 시간들이 곳곳에 남아 있기 때문이다. 그
래서인지 '한국인'이라는 이유만으로 뜻밖의
호의를 받기도 한다. 이곳에서 한국은 먼 나라

가 아니라, 삶의 일부가 되어버린 장소처럼 느껴진다.

　처음 카메라를 들고 우즈베키스탄에 들어왔을 때, 솔직히 말해 '역사'를 찍을 준비만 하고 있었다. 푸른 타일로 덮인 모스크, 수백 년을 버틴 광장, 실크로드의 흔적들. 이 나라를 설명하는 언어는 늘 과거형이었고, 나 역시 그 틀 안에서만 이곳을 상상했다. 찬란했으나 이미 지나간 시간, 박제된 유적들 속에서 조용히 숨 쉬는 나라. 그러나 여행은 늘 계획을 비껴간다. 우즈베키스탄은 생각보다 훨씬 현재 진행형의 나라였다. 오히려 과거의 영광보다 지금을 사는 사람들의 얼굴이 더 또렷했다.

　아침 햇살이 푸른 타일 위로 번질 때만 해도 이곳은 분명 위대한 문명의 중심처럼 보인다. 하지만 카메라의 방향은 자연스럽게 건물에서 사람으로 옮겨 갔다. 유적은 말이 없지만,

사람들은 끊임없이 말을 걸어왔다. 우즈베키스탄의 젊은이들 역시 더 나은 삶을 위해 국경을 넘고 싶어 한다. 앞서 여행했던 미얀마처럼, 이곳에서도 '떠남'은 하나의 선택지가 아니라 거의 생존 전략에 가까웠다. 이들에게 나고 자란 나라의 화려한 과거는 배경음처럼 멀리 깔려 있을 뿐, 지금의 관심사는 생계와 이동, 그리고 다음 기회다. 과거의 영광보다 오늘의 월급, 오늘의 밥상이 더 절실한 것이다.

수도이자 중앙아시아 최대 도시인 타슈켄트의 재래시장은 그 현실을 가장 생생하게 보여주는 공간이다. 그곳에서 우즈베키스탄의 주식이라 불리는 '리뾰쉬카'를 만드는 장면을 수없이 마주쳤다. 커다란 화덕 앞에서 반죽을 치대고, 둥글게 빚고, 뜨겁게 달궈진 화덕 벽에 빵을 붙여 굽는 모습을 흔하게 볼 수 있었다. 겉은 바삭하고 속은 쫄깃한 이 빵은 어느 집에서나,

어느 식탁에서나 빠지지 않는다. 아침에도, 점심에도, 저녁에도 리뾰쉬카는 늘 같은 자리에 있다. 특별한 날의 음식이 아니라 가장 평범한 하루를 지탱하는 음식이다.

우연히 기회가 닿아 리뾰쉬카를 만들어 소매점에 납품하는 가정을 방문하게 되었다. 그곳에서 만난 장인은 화려한 말 대신 손의 움직임으로 삶을 설명했다. 반죽의 온도를 느끼는 손, 모양을 잡는 손, 화덕의 열기를 가늠하는 손까지 모든 과정이 오랜 시간 몸에 밴 리듬처럼 자연스러웠다. 매일 이렇게 만드는 과정이 힘들지 않느냐고 묻자, 그는 잠시 웃으며 이렇게 말했다. "매일 먹는 음식이니 가장 신성합니다."

매일 먹는 음식이 가장 신성하다는 대답이 깊게 가슴에 박혔다. 마치 앞으로 내가 살아가야 할 방향을 안내해주는 것 같았다. 우리는 흔

히 특별한 순간, 기념일, 성공과 성취의 순간에
만 큰 의미를 부여한다. 하지만 이곳에서는 정
반대였다. 매일 반복되는 일, 누구나 먹는 음식,
눈에 띄지 않는 노동이야말로 가장 신성한 것
이라고 믿는다. 리뽀쉬카는 단순한 빵이 아니
라 하루를 시작하고 끝내는 의식에 가깝다. 그
래서 우즈베키스탄 사람들은 매일 먹는 빵의
반죽 하나, 굽는 시간 하나에도 소홀하지 않는
다. 그것은 직업적 자부심을 넘어, 삶을 대하는
태도처럼 보였다.

장인이 살고 있는 집의 부엌에는 화려한
장식도, 최신식 도구도 없었다. 대신 오랜 세월
을 버틴 화덕과 닳아 있는 작업대가 있었다. 그
곳에서 '존엄한 노동'이라는 말을 떠올렸다. 더
나은 삶을 꿈꾸며 국경을 넘는 이들이 많지만,
동시에 이 땅에 남아 오늘 먹을 빵을 굽는 사람
들도 있다. 떠나는 사람들과 남는 사람들이 공

존하는 이 나라의 풍경은 어쩌면 세계의 축소
판인지도 모른다.

　우즈베키스탄에서 배운 가장 큰 교훈은 거
창하지 않았다. 지금 이 순간을 귀하게 여기는
태도, 반복되는 일상 속에서도 의미를 발견하
는 시선. 리뾰쉬카를 굽는 장인의 말처럼 일상
은 신성하다. 불확실한 미래를 기다리며 오늘
을 소모하는 대신, 오늘을 정성껏 살아내는 사
람들의 삶은 조용하지만 단단했고, 그 단단함
은 빵처럼 매일의 식탁을 지탱하고 있었다. 우
즈베키스탄은 과거의 유물이 아니라, 오늘을
성실히 굽고 있는 사람들의 나라였다. 내일은
더 좋아질 것이라고 굳게 믿고 고단한 하루를
맥주 한 잔에 털어내는 우즈베키스탄 사람들을
보며, 일상의 신성함을 다시 한번 되뇌어본다.

　나는 행복도 노하우라고 자주 말한다. 내
가 생각하는 나만의 행복 노하우는 아주 단순

하다. 지금 내 일상에 이미 있는 것들이 사라진다고 상상해보는 것. 사람들은 흔히 자신이 갖고 있는 것은 당연하게 여기고, 자신에게 없는 것을 가진 사람들과 비교하며 스스로를 불행하게 만든다. SNS의 노출이 잦아질수록 이런 감정은 더 자주, 더 쉽게 찾아온다. 하지만 이를 SNS의 폐해라고 무시하거나 "우리는 다른 사람의 인생 하이라이트와 내 삶의 풀타임을 비교하며 스스로를 괴롭힌다"라는 말로 잠시 위안을 얻고 싶지는 않다.

내가 이미 가지고 있는 삶의 감각을 또렷하게 느끼고, 나를 둘러싼 상황이 어떻든 자신을 아끼며 지키는 것이 가장 중요하니까. 그리스 신화에 나오는 미다스 왕도 그랬다. 그는 남들보다 더 많은 것을 갖고 싶어서가 아니라, 이미 가진 것만으로는 충분하지 않다고 느꼈기 때문에 손에 닿는 모든 것이 금이 되기를 바랐는지도 모른다. 하지만 그 소원은 곧 저주가 되었다. 음식도, 물도, 사랑하는 딸마저 손을 대는 순간 금으로 변해버렸기 때문이다. 미다스는 그제야 깨달았을 것이다. 자신이 이미 충분히 가지고 있었던 것들이 얼마나 귀중한 것이었는지를.

나는 오랫동안 스스로를 긍정적이고 낙천적인 사람이라고 생각해왔다. 같은 상황에서도 화를 내지 않고, 짜증을 덜 내는 편이라 성격이 꽤 좋은 사람이라고 혼자 결론 내리며 살아왔다. 그런데 어느 날, 종합 격투기를 하다가 오른쪽 네 번째 발가락이 부러졌다. 처음에는 멍이 들더니 다음 날부터는 퉁퉁 부어올랐다. 걷는 것조차 불편해졌고 러닝은 물론이고 격투기는 꿈도 꿀 수 없는 상태가 되었다.

그렇게 두 달이 지나고 세 달째에 접어들즈음, 툭하면 짜증을 내고 화를 내는 내 모습을 자주 발견했다. 예전에는 이 정도로 화내지 않았는데 마치 몸속 호르몬을 제어하지 못하는 느낌이었다. 그제야 알게 되었다. 나는 여태껏 매일의 러닝과 격투기로 내 마음을 안정시키고 있었던 것이다. 겨우 발가락 하나가 부러졌을 뿐인데 일상이 통째로 흔들렸다. 마음이 불안정해지자 일에도 집중할 수 없었고, 성과는 조금씩 떨어졌다. 성과가 낮아지니 프리랜서인 나의 수입도 자연스럽게 줄어들었다.

일상은 생각보다 훨씬 신성한 것이다. 두통 하나, 작은 통증 하나까지 사소해 보이던 일상 하나에 삶이 도미노처럼 무너질 수 있다. 발가락 하나로 내 삶의 균형이 이렇게 쉽게 깨질 줄 몰랐던 것처럼. 그 이후로 나는 '범사에 감사하라'는 말을 이전보다 훨씬 조심스럽고 진지하게 떠올린다. 가족들이 다 함께 모여 식사를 하고 가벼운 바람을 맞으며 산책하는 오늘 하루는 누군가가 간절히 바라는 아주 찬란한 하루일지도 모른다. 아이러니하게도 내가 가진 일상을 신성하게 여기고 감사할수록 더 많은 좋은 일들이 조용히, 그러나 분명하게 내 삶으로 따라온다.

불확실한 미래를 기다리며
오늘을 소모하는 대신,
오늘을 정성껏 살아내는
사람들의 삶은
조용하지만 단단했고,
그 단단함은 빵처럼
매일의 식탁을 지탱하고 있었다.

무정부 자치 구역의 히피들

‘휘게(hygge)’는 편안하고 아늑한 상태를 추구하는 덴마크식 라이프 스타일을 뜻하는 단어다. 한때 한국에서도 휘게 열풍이 분 적이 있다. 나도 당시 “휘게”를 외치며 행복의 의미에 대해 친구들과 열띤 토론을 했던 기억이 있다. 휘게의 나라 덴마크로 여행을 떠난다고 했을 때, 한국에 살던 덴마크 친구는 웃으며 이렇게 말했다. “아마 네가 가본 곳 중 가장 조용하고, 어쩌면 가장 재미없을 거야.”

현지인조차 담담하게 지루함을 경고할 만

큼, 덴마크는 자극과 소음이 적은 나라다. 하지만 덴마크가 따분하거나 재미없을 것이라는 생각이 들지는 않았다. 여행은 늘 그래왔듯, 내가 품은 선입견과는 다른 얼굴을 보여주었기 때문이다. 조용한 나라일수록 침묵 속에 숨은 이야기들은 더욱 선명하게 드러나곤 했다.

덴마크는 세계행복지수에서 늘 최상위를 다투는 나라다. 사람들은 흔히 그 이유를 일과 삶의 균형, 촘촘한 복지, 높은 사회적 신뢰에서 찾는다. 덴마크에는 육아와 돌봄이 개인의 희생이 아니라 사회의 책임으로 공유되고, 실패가 곧 낙오로 이어지지 않는 안전망이 존재한다. 그렇다면 경제력은 행복과 얼마나 밀접할까? 덴마크의 1인당 GDP는 세계 상위권으로, 8위를 차지하고 있다. 1인당 GDP와 세계행복지수의 상관관계를 보면 분명 물질적 기반은 중요하다. 하지만 그것이 전부는 아니다.

한국을 떠올리면 이 대비가 더욱 또렷해진
다. 경제 규모와 개인의 성취 수준은 과거에 비
해서 매우 높아졌지만, 행복지수는 그만큼 따
라오지 못한다. 한국의 1인당 GDP는 13위지
만 세계행복지수는 50위 밖으로 물러나 있다.
결국 행복은 개인의 태도만으로 완성되지 않는
다. 사회가 개인을 얼마나 지원하고, 개인은 사
회를 얼마나 신뢰할 수 있는지가 결합된 상호
작용의 결과다.

덴마크에 도착했을 때 가장 먼저 눈에 들
어온 것은 거리의 평온함이었다. 사람들은 바
쁘게 뛰지 않았고, 도시의 표정은 전반적으로
느긋했다. 인종적 다양성은 다른 유럽 대도시
에 비해 상대적으로 적게 느껴졌고, 전반적으
로 단정하고 질서정연한 분위기가 도시를 감싸
고 있었다. 이런 나라에도 제도와 질서의 바깥
을 선택한 사람들이 모여 사는 곳이 있다니, 선

뜻 상상이 되지 않았다.

그곳은 크리스티아니아. 코펜하겐 한복판에 자리한 이 자치 공동체는 1971년, 버려진 군사시설을 점거한 히피들로부터 시작되었다. 그들은 국가의 규범과 소유 개념에서 벗어나 '다른 방식의 삶'을 실험하겠다고 선언했다. 세금도, 사유재산도, 전통적인 의미의 법도 최소화한 채 말이다.

입구에 들어서자 공기부터 달라졌다. 대마초 향이 가까이서 퍼졌고, 벽에는 체제와 권위에 대한 저항을 담은 그래피티가 가득했다. 안쪽을 걷다 문득 고개를 돌리니 크리스티아니아 바깥을 향하는 곳에 이런 문구가 눈에 들어왔다. "You are now entering the EU(여기서부터 유럽연합입니다)." 이 문장은 역설적으로, 현재 내가 밟고 있는 이 땅은 유럽연합, 즉 덴마크가 아니라는 선언처럼 읽혔다. 크리스티아니아는 스스로를 덴마크가 아닌 '별도의 삶의 영역'으로 규정하고 있었다.

이곳은 오랫동안 덴마크 사회의 골칫거리로 여겨졌다. 세금에서 벗어난 생활, 대마초 거래, 외부 범죄 조직의 유입은 실제로 존재했던 큰 문제다. 관광객이 많다고 해서 마냥 안전하게 느껴지는 공간도 아니었다. 불안과 자유가 묘하게 공존하는 풍경 앞에서, 선뜻 평가를 내릴 수 없었다.

그렇다고 이들을 단순히 무책임한 방종이라고 치부하는 것도 쉬운 일은 아니었다. 크리스티아니아 안에는 나름의 규칙이 있었다. 폭력은 금지되고, 총기 소지는 허용되지 않는다. 아이들이 자라나는 공간이기에 공동체 내부의 합의는 중요하게 여겨진다. 그들의 삶은 '아무것도 하지 않음'이 아니라, '다르게 책임지는 방식'에 가까워 보였다.

덴마크가 세계에서 가장 행복한 나라 중 하나라는 사실은, 역설적으로 이런 공간의 존재를 가능하게 했는지도 모른다. 제도권 사회가 충분히 안정적이기에 바깥을 실험하는 소수의 선택도 완전히 배제되지 않는다. 물론 공존은 늘 긴장 위에 서 있다. 크리스티아니아는 덴마크의 자랑도, 완벽한 대안도 아니다. 다만 한 사회가 얼마나 다양한 삶의 형태를 포용할 수 있는시를 보여주는 불편하지만 중요한 질문에 가깝다.

결국 행복은 하나의 정답이 아니다. 덴마크 사람들의 행복이 모두 휘게로 설명되지 않듯, 크리스티아니아의 자유도 모두가 따라야 할 모델은 아니다. 그러나 분명한 것은 있다. 행복은 '얼마나 가졌는가'보다 '어떻게 살아도 괜찮다고 말해주는 사회인가'와 깊이 연결되어 있다는 점이다.

조용하고 평화로운 나라 덴마크에서 만난 가장 시끄러운 공간 크리스티아니아는 내게 이렇게 말하는 듯했다. 행복은 단정한 질서 속에서만 태어나지 않고, 때로는 질서에 질문을 던지는 사람들의 용기 속에서도 자란다고. 그리고 진짜 성숙한 사회란, 그 질문을 불편해하면서도 완전히 외면하지 않고 끝내 안고 가는 사회일지도 모른다고 말이다.

행복은 단정한 질서 속에서만
태어나지 않고,
때로는 질서에 질문을 던지는
사람들의 용기 속에서도 자란다.

오지에서 자급자족하는 전원생활

스리랑카에는 현지인들조차 잘 알지 못하는 오지가 있다. 남서부 해안의 작은 마을 하바라두와에서 한참 더 안으로 들어가야 닿는 곳이다. 길이 험해서 오토바이로 이동하기에도 쉽지 않았다. 그 깊은 숲속에서 영국인 여성과 스리랑카인 남편이 자급자족하며 살고 있다. 길에서 구조한 강아지와 고양이 들과 함께.

그동안 여행지에서 별별 풍경을 다 보았다고 자부해왔건만, 이곳에서의 경험은 그 어느 곳에서도 느껴보지 못한 종류의 충격이었다.

낯선 냄새와 풀잎이 쓸리는 소리, 젖은 흙 냄새에 섞여 있던 동물들의 숨결, 그리고 그 모든 것 위에 얹힌 고요까지. 그 속을 걸어 올라가며 어느새 나도 두 사람의 삶 안으로 들어가고 있었다.

힘들지 않냐는 나의 물음에 그녀는 가볍게 웃으며 말했다. "나는 원래 모험을 좋아하는 성향이야." 그녀는 스리랑카에 도착하자마자 영어를 한 마니도 하지 못하는 님자에게 마음이 이끌렸다. 언어도, 문화도, 삶의 방식도 달랐지만 둘 사이에는 단번에 이해되는 무언가가 있었다. 7년이 넘은 지금도 두 사람은 여전히 서로의 언어를 완벽히 이해하지 못한다. 그러나 함께 살아가며 조금씩 서로의 세계를 배워가고, 말보다 행동으로 사랑을 증명하고 있었다.

그들이 사는 곳에는 작은 슈퍼마켓조차 없었다. 한국의 오래된 영화 속 배경을 떠올리게

하는 한없이 소박하고 고립된 풍경이었다. 두 사람을 따라 산길을 오르면서 숨이 턱까지 차올랐다. 성인 남성에게도 쉽지 않을 만큼 가파르고 거친 길이었다. 하지만 그들이 길을 오르는 이유는 분명했다. 직접 기른 잎을 따 요리를 만들고, 높이 솟은 야자나무를 타고 올라 코코넛을 따기 위함이었다. 마치 무인도에서 하루하루 먹을 것을 마련하는 생존자의 삶 같았다.

아직도 갓 따먹은 코코넛의 맛이 선명하게 기억난다. 설탕을 몇 스푼이나 넣은 듯 달고도 깨끗한 물이 입안을 채웠다가, 마지막에는 부드럽고 신선한 과육이 혀끝에서 녹아내렸다. 도움을 받아 코코넛을 직접 손질해보면서 그동안 얼마나 많은 것들을 당연한 수고라고 여겨왔는지 깨달았다. 누군가가 손을 쓰고, 시간을 쓰고, 땀을 흘려 만들어준 결과물을 쉽게 소비하며 살고 있었음을 그제서야 실감했다.

웬만한 남성도 견디기 쉽지 않은 오지 생활을 하고, 아픈 동물들을 돌보면서도 그녀의 얼굴에서는 미소가 가시질 않았다. 런던에서의 삶을 뒤로하고 어쩌다가 스리랑카까지 오게 됐는지 물었다. 그러자 그녀는 잠시 생각하더니 조용히 말했다. "런던에서 돈은 더 벌 수 있었지만 전혀 행복하지 않았어. 내 삶이 내 것 같지 않았거든." 그녀는 돈에 대해서도 솔직한 의견을 전했다.

누구에게나 돈은 필요하고, 어느 정도까지는 분명 행복을 지탱해준다고. 하지만 더 많은 돈에 집착하는 순간, 사람은 풍요로움에서 멀어진다고 말했다. 적게 가지고, 적게 욕망할수록 오히려 더 깊은 만족이 생긴다는 그녀의 말에 동감했다. 그녀가 스리랑카에서 구축한 삶의 모습은 단순한 전원생활이나 귀농을 향한 로망 같은 것이 아니었다. 그녀는 자신의 신념에 충실하게 따르며 현재를 살아가고 있었다.

그녀의 말처럼, 우리는 돈에서 자유로울 수 없다. 가족도, 사랑도, 꿈도 때로는 숫자로 계산하며 살아간다. 효율을 따지고, 손익을 따지고, 미래의 불안을 가정하며 현재를 저당 잡힌다. 하지만 두 사람의 삶은 그 모든 기준을 가볍게 뛰어넘는다. 세상이 정한 삶의 공식에서 벗어나 자신만의 해답을 스스로 만들어가는 그들을 통해 삶의 가치에 대해 다시 생각해본다.

이는 무엇이 옳고 그르다는 문제가 아니다. 다만 그들의 삶의 방식은 나에게 곰곰이 생각해볼 질문을 남겼다. 우리는 과연 어떤 삶을 사랑하며 살고 있는가. 그리고 사랑하는 삶을 위해 무엇을 포기할 수 있는가. 숲속에서 코코넛을 손질하던 그녀의 작은 뒷모습이 오래도록 마음에 남는다. 그 뒷모습은 마치 이렇게 말하는 듯했다. "세상에는 더 많은 사랑의 형태, 더 많은 삶의 모양이 있어. 어떤 길을 선택하든, 나를 행복하게 한다면 그걸로 충분해."

나는 다시 도시의 소음 속으로 돌아왔지만, 분주한 일상 속에서도 내가 어디를 향해 가고 싶은지 계속해서 질문을 던지게 한다. 결국 여행이란 먼 곳을 다녀오는 일이 아니라, 낯선 풍경을 통해 나 자신을 조금 더 선명하게 알아가는 과정임을 다시 한번 체감한다.

"세상에는 더 많은 사랑의 형태,
더 많은 삶의 모양이 있어.
어떤 길을 선택하든,
나를 행복하게 한다면
그걸로 충분해."

그럼에도 또다시
여행을 떠나는 이유

세게를 돌아다니며 유튜브 영상을 만들고 공유하는 일을 약 10여 년간 해오고 있다. 그동안 수없이 많은 풍경을 눈에 담았고, 그 장면들은 작은 조각이 되어 나라는 사람을 완성시켰다. 누군가에게 여행은 일탈이고, 누군가에게는 새로운 영감의 원천이지만, 나에게 여행은 나를 나타내는 정체성이자, 내 삶을 지키는 일, 그리고 무엇보다도 나를 더 나은 사람으로 만들어주는 고요한 장치였다. 매번 오랜 여정을 마치고 한국으로 돌아오는 순간마다 또다시 여행을 떠날 이유를 발견하곤 했다.

나는 스무 살이 되자마자 부모님으로부터 한 푼도 받지 않고 내 삶을 꾸려 나갔다. 한국은 나를 그렇게 책임감 있는 사람으로 만들었다. 드디어 내가 번 돈으로 나와 어머니의 안녕을 책임질 수 있다고 믿게 되었을 때, 비로소 어른이 된 기분을 느꼈다. 사랑하고 존경하는 사람에게 안정과 행복을 줄 수 있다는 사실은 그 어떤 성취보다 깊은 울림을 가져다주었다.

세계 곳곳을 떠돌며 촬영한 영상들을 유튜브에 업로드하면 생각보다 많은 이들이 내 영상을 보고 기운을 얻었다고, 세상을 더 알고 싶어졌다고, 매일 조금 더 나답게 살 용기를 얻었다고 말해준다. 어느 날은 LA의 식당에서 식사를 하고 있는데, 서버가 조심스럽게 다가와 내 영상을 보고 선한 에너지를 얻게 해주어 고맙다고 인사를 건넨 적도 있다. 단순히 돈을 벌기 위해 하는 작업이 아님을, 누군가에게는 정말로 좋은 영향을 주고 있다는 사실을 인정받은 기분이었다.

대중 앞에 나를 노출시킨다는 것은 언제나 양면성을 가지고 있다. 나를 잘 모르는 이들이 단편적인 장면만 보고 함부로 판단하거나 오해하거나, 또는 이유 없이 공격하는 일도 적지 않나. 악플은 언제니 존재하지만, 여행을 오래 하면서 욕하는 사람은 지극히 소수라는 사실을 깨달았다. 어떤 말들은 때로 비수처럼 꽂히기도 한다. 하지만 그보다 훨씬 더 많은 사람들이 '희철리즘' 채널을 통해 배움을 얻고, 위로를 얻고, 꿈을 그리는 모습을 보며 오히려 더 큰 위로를 받는다. 악의적이거나 무심코 던져진 악플의 무게보다, 진심을 담아 쓴 선플의 깊이를 더 오래 기억하는 사람이 되고 싶다.

일상을 여행자로 살다 보면 불편한 점도 많다. 루틴이 무너지고, 규칙적인 식사와 운동은 사치가 된다. 시차가 뒤죽박죽 되어 몸이 파도처럼 흔들리는 날도 많다. 오늘은 꼭 12시 전에 자고 8시에 일어나겠다고 마음먹어도 현실은 늘 다르게 흘러간다. 몸이 부서지는 듯한 피로와 스트레스를 견딜 수 있었던 이유는, 내가 지금 걷고 있는 길에 확신이 있기 때문이다. 지금 내게 주어진 젊음은 딱 한 번뿐이며, 가장 가치 있게 사용하고 싶다는 목표가 나를 다시 일어나 움직이게 한다. 언젠가 먼 미래에 지금을 돌이켜 보았을 때, 이 고단했던 여정의 모든 순간이 내 삶의 가장 정직하고도 찬란한 하이라이트로 남아 있기를 바란다.

한국에서 태어나고 자랐지만 어쩔 수 없이 파키스탄으로 돌아가야 했던 '니말'이라는 파키스탄 친구가 떠오른다. 위험하기도 하고 품이 많이 들었지만, 미래를 향한 최소한의 선택권도 갖지 못한 채 살아가는 그녀를 위해 직접 보증인이 되기로 했다. 비행기표와 숙박을 마련해주고 한국에 데려왔다. 어렸을 때 자랐던 부산에 도착하자, 니말이 내 앞에서 마음껏 웃던 순간이 기억난다. 그녀의 어머니는 내게 "당신은 이제 우리 가족이다. 평생 기도하겠다"라고 말씀하셨다.

놀랍게노 그녀는 이후 유튜브 채널을 만들었고, 많은 사람들의 후원이 쏟아졌다. 내 영상을 통해 연결된 한 중견기업의 대표가 그녀를 고용하여 원격으로 일하며 제법 괜찮은 월급을 받기도 했고, 이를 기반으로 그녀는 현재 파키스탄에서 한식당을 열어 자신의 삶을 새롭게 개척하고 있다. 이 모든 과정은 계획된 것도, 예측 가능한 것도 아니었다. 하지만 분명한 건 우리가 서로의 인생에 선물처럼 영향을 주고받았다는 사실이다.

여행은 이토록 생각지도 못 한 순간에, 예상하지 못 한 장소에서 뜻밖의 문을 열어준다. 돌아보면 내 인생도 늘 그랬다. 계획대로 된 일보다 우주의 신호처럼 갑자기 다가온 기회들을 용기 있게 열어젖힌 순간들이 지금의 나를 만들었다. 미국 스톡턴의 갱 마을에서 만난 남자아이가 말했던 것처럼, 나는 요즘도 스스로에게 말한다. "문이 열리는 곳으로 가겠다. 내 인생은 그 문을 여는 용기에서 시작된다."

늘 감사하되, 너무 감정적으로 앞서가지 않으려 하고, 힘들어도 너무 절망하지 않으려 하고, 무엇보다 남과 비교하지 않으려 노력한다. 결국 모든 것은 지나가기 마련이니까.

나는 여행을 하며 세계관이 더욱 넓어지고, 타인을 조금 더 깊이 이해하는 사람이 되고 싶다. 궁극적으로 더 좋은 사람이 되고 싶다. 나와 마주치는 누군가의 삶에 작은 온기가 되어 주고 싶다. 긴 여행을 마치고 한국으로 돌아오면, 당분간은 아무 곳도 가고 싶지 않다가도 금세 여행을 떠나고 싶어진다. 쉴 새 없이 어떤 이야기를 전할지 머릿속으로 그림이 그려진다.

한국은 나의 삶을 책임지는 땅이고, 여행은 나의 삶을 성장시키는 공간이다. 이 두 세계가 끊임없이 교차하면서 지금의 나라는 존재가 만들어졌다. 한국을 떠나 여행을 하고, 다시 한국으로 돌아오고, 또다시 길 위에 나서는 반복이 나에게는 지루함이 아니라 삶의 호흡이다. 내게 왜 또다시 여행을 떠나는지 묻는다면, 이렇게 대답하고 싶다. 한국에서 받은 사랑을 더 멀리, 더 넓게 나누기 위해서. 그리고 세상이 열어주는 다음 문을 기꺼이 열기 위해서라고. 그것이 내가 지금까지 걸어온 길이고, 앞으로도 계속 걸어갈 이유다.

여행은 이토록
생각지도 못 한 순간에,
예상하지 못 한 장소에서
뜻밖의 문을 열어준다.
"문이 열리는 곳으로 가겠다.
내 인생은 그 문을 여는 용기에서
시작된다."

인도에서 카스트 제도 중에서도 가장 낮은 신분의 사람들을 통틀어 이르는 '불가촉천민'을 만났을 때, 인터뷰를 위해 마주 앉아 있었지만 그에게 질문을 던지고 있다는 느낌보다는 누군가의 삶 한가운데를 잠시 스쳐 지나가고 있다는 기분에 가까웠다.

태어난 순간부터 이미 정해진 세계 속에 들어온 삶, 그 세계는 도대체 어떤 온도를 품고 있을까. 그가 어떤 이름으로 불리고, 어떤 일을 하며, 어디까지 꿈꿀 수 있는지. 모든 것이 궁금했다. 내 질문을 묵묵히 듣던 그는 잠시 침묵 끝에 담담히 말했다.

"이건 원래 이런 거예요."

그 말은 설명이라기보다, 마치 아주 오래 전 굳어버린 결론처럼 들렸다. 그날 이후 나는 오랫동안 한 가지 질문에서 벗어날 수 없었다. 사람은 정말로 나갈 수 없어서 그 자리에 머무는 걸까? 아니면 나가지 않는 법을 먼저 배워버려서 멈춰 서 있는 걸까? 영화 〈화이트 타이거〉에서 '화이트 타이거'는 한 세대에 한 번 나올까 말까 한 존재, 자신이 갇혀 있다는 사실을 가장 먼저 알아차린 사람을 뜻한다.

인도에서 지내는 동안 나는 마치 닭장처럼 정해진 운명 속에서 살아가는 사람들을 보았다. 그리고 아주 드물게, 그 닭장을 향해 고개를 드는 사람들도 보았다. 자신에게 주어진 자리가 전부가 아니라는 것을 이미 알아버린 사람들.

그리고 문득, 이 글을 읽고 있는 당신도 어쩌면 그런 사람일지 모른다는 생각이 든다. 당신은 이미 문이 열려 있다는 사실을 어렴풋이 알고 있을지도 모른다. 그래서 아직 나가지 않았는데도, 지금의 자리가 유난히 불편한 것인지도 모른다. 나는 당신이 화이트 타이거일 가능성을 믿는다.

지금 서 있는 자리는 정말로 나갈 수 없는 곳인가, 아니면 아직 나가지 않기로 선택한 곳인가. 문이 열려 있다는 사실을 한 번 알아버리면 삶은 더 이상 예전처럼 조용하지 않다. 불편함은 때로 나쁜 징조가 아니라, 낯선 방향을 바라보라는 신호이기도 하다. 아마도 이 책은 바로 그 작은 불편함에서 시작되었는지도 모른다.

부디 그 감각을 놓치지 않기를, 그리고 당

신의 세계가 지금보다 조금 더 넓어지기를 바란다. 무엇보다 기억했으면 한다. 어떤 방향을 선택하든 당신이 스스로의 감각을 믿고 내딛는 한, 그 길은 결국 정답이 될 것이다.

어떤 길을 선택하든 정답일 거야

1쇄 발행 2026년 03월 25일

지은이 윤희철(희철리즘)
펴낸이 김상현

콘텐츠사업본부장 유재선
출판팀장 전수현 **책임편집** 전수현 **편집** 윤정기 심재헌 이경미 **디자인** 권성민 김예리
마케팅팀 엄재욱 이영섭 남소현 최문실 배성경
미디어사업팀 김예은 정선영 정영원 정수아
경영지원 이관행 김준하 안지선 김지우 장사랑

펴낸곳 (주)필름
등록번호 제2019-000002호 **등록일자** 2019년 01월 08일
주소 서울시 영등포구 영등포로 150, 생각공장 당산 A1409
전화 070-4141-8210 **팩스** 070-7614-8226
이메일 book@feelmgroup.com

필름출판사 '우리의 이야기는 영화다'

우리는 작가의 문체와 색을 온전하게 담아낼 수 있는 방법을 고민하며 책을 펴내고 있습니다.
스쳐가는 일상을 기록하는 당신의 시선 그리고 시선 속 삶의 풍경을 책에 상영하고 싶습니다.

홈페이지 feelmgroup.com **인스타그램** instagram.com/feelmbook

ISBN 979-11-24468-00-5 (03810)